이계 마왕성
CASTLE OF ANOTHER WORLD

이계마왕성 2

강한이 장편 소설

초판 1쇄 찍은 날 § 2012년 6월 22일
초판 1쇄 펴낸 날 § 2012년 6월 28일

지은이 § 강한이
펴낸이 § 서경석

편집부장 § 권태완
편집책임 § 어정원

펴낸곳 § 도서출판 청어람
등록번호 § 제1081-1-89호
등록일자 § 1999. 5. 31
어람번호 § 제1-1410호

주소 § 경기도 부천시 원미구 심곡2동 163-2 서경B/D 3F (우) 420-822
전화 § 032-656-4452 팩스 § 032-656-4453
http://www.chungeoram.com
E-mail § chungeorambook@daum.net

ⓒ 강한이, 2012

ISBN 978-89-251-2915-0 04810
ISBN 978-89-251-2913-6 (세트)

※ 파본은 구입하신 서점에서 교환하여 드립니다.
※ 저자와 협의하여 인지를 붙이지 않습니다.
※ 이 책은 도서출판 청어람과 저작자의 계약에 의해 출판된 것이므로,
  무단 전재 및 유포·공유를 금합니다.

CASTLE OF ANOTHER WORLD

2

FUSION FANTASTIC STORY

강한이 장편 소설

이계
마왕성

목 차

1장 공작소   7

2장 위세만   33

3장 의뢰소   65

4장 칸체레 수도원   97

5장 정령 계약소   143

6장 위대한 정령들   183

7장 눈부신 보상   227

8장 시그너스 아머   277

제1장
공작소

이계
마왕성

'후우.'
'억지로라도 좀 같이 있어줄 걸 그랬나.'

집으로 돌아온 채빈의 마음은 다소 무거웠다. 헤어지기 직전 보였던 재경의 슬픈 미소가 내내 눈앞을 아른거리고 있었다.

―미안해. 앞으론 최대한 피해가지 않도록 할게. 채빈이 넌 더 이상 관여하지 않아도 돼. 이건 내 가게고 내가 알아서 해결할 문제야. 소스도 앞으로는 택배를 통해서 보내줘. 마차로 나오지도 말고.

재경은 그렇게 일방적으로 자신의 말만 하고 돌아섰다. 채빈이 몇 번이나 붙잡았지만 들으려 하지도 않고 매몰차게 뿌리칠 뿐이었다.

갈림길까지 쫓아갔던 채빈은 결국 포기하고 집으로 돌아올 수밖에 없었다.

'개새끼들……!'

채빈의 기준으로는 경찰에 신고하면 될 문제였다. 요즘이 어떤 세상인데 상가연합 상인들의 되도 않는 협박에 일방적으로 당하고만 있겠냐는 말인가.

그다지 조심스런 구석도 없는 멍청한 녀석들이었다. 협박의 증거물을 채취할 기회는 마음만 먹으면 언제든지 만들어 낼 수 있을 것이고.

하지만…….

그래도 역시 채빈은 고개를 가로저었다.

어디까지나 이것은 자신의 기준이었다.

가족이라고는 하나도 없는 자신과는 입장이 달랐다. 이제 갓 퇴원한 어머니를 모시고 사는 재경을 이해해야 했다. 어설픈 협박에도 전전긍긍할 수밖에 없는 그녀의 마음을.

어쨌든 이해라고는 해도 거기엔 한계가 있다. 담 너머 옆집 불 보듯 구경만 하고 앉아 있을 수는 없는 노릇 아닌가.

재경은 재경대로 행동하게 놔두더라도 내가 개입을 해야

한다. 신고를 해도 내가 하고, 싸움을 해도 내가 한다. 사적인 감정을 떠나서 재경의 붕어빵 장사는 나의 주요한 수입원이기도 하니까. 채빈은 그렇게 스스로를 다잡았다.

'신고할 증거는 확보해 둬야지. 그리고 얼마동안은 무조건 내가 장사를 해야겠고……. 아씨, 소스를 다른 방식으로 처분할 방법도 생각을 좀 해봐야겠는데.'

고작 소스 하나에도 이렇게 득달같이 눈에 불을 켜고 달려드는 꼴이라니. 다른 방식으로 처분을 한다고 해도 신중함을 기해야 할 듯했다.

지금 이 순간 채빈은 그 점을 뇌리에 똑똑히 각인시키고 있었다. 마왕성에서 가져온 문물을 현대에서 활용할 땐 최대한 몸을 사려야 한다는 것을.

돈을 벌어들이더라도 표면에 나서지 않는다.

음지에 정체를 숨긴 채 벌어들여야 한다.

피곤한 일이라면 딱 질색이다. 쓰레기들의 표적이 되지 않으려면 앞으로는 매사 주의해야 할 필요가 있는 것이다.

그리고 무엇보다도 중요한 것.

'강해져야 돼!'

상가연합의 종문과 현삼은 별것없는 하찮은 녀석들이었다. 하지만 언제까지고 그런 녀석들만 적으로 나타나란 법은 없었다.

게다가 진짜 적은 현실보다 마왕성의 던전에 위치하고 있다. 앞으로도 등장할 무궁무진한 몬스터들을 생각하면 수련을 게을리해서는 안 되었다.

생각을 정리한 다음 채빈은 저녁을 먹었다.

재경과 함께 먹으려고 했던 4인분의 초밥이 전부 남아버렸다. 가까스로 2인분가량을 먹고 나니 배가 터질 듯이 불렀다.

'조금 잘까.'

던전 진입까지 대여섯 시간 정도 남아 있었다.

채빈은 이부자리로 들어가 베개를 베고 엎드렸다. 하지만 머리가 복잡해서인지 좀처럼 잠이 오질 않았다. 다리로 쿠션을 감고 몇 번이나 뒤척인 끝에 채빈은 이불을 내치며 일어나고 말았다.

'그냥 지금 가자. 할 일도 없고.'

어차피 몇 시간 남지도 않았다.

채빈은 마왕성으로 가 삼재검법을 수련하면서 시간을 때우기로 작정했다. 서둘러 낡은 트레이닝복으로 갈아입고 3단봉을 챙긴 다음 지하 창고로 내려갔다.

"후우!"

마왕성에 들어서자마자 삼재검법 수련이 시작되었다.

내공은 끌어올릴 방법을 모르는 상태기에 조금은 자괴감이 들었지만, 채빈은 3단봉을 휘두르는 두 팔을 멈추지 않았다. 적어도 육체의 근력은 상승할 것이다. 지금으로서는 이렇게라도 수련하는 게 최선이라고 몇 번이나 곱씹으면서 채빈은 최선을 다해 수련에 임했다.

'왼발을 내딛으면서 허리를 숙이고! 검을 내려치자마자 오른발을 끌어당겨 원위치!'

순식간에 초식의 시전이 100번이 넘어가고 있었다. 채빈의 온몸이 더운 땀으로 흠뻑 젖어들고 있었다. 점차 팔이 쇠처럼 무거워졌다. 팽팽하게 당겨진 전신의 근육 틈으로 무거운 피로가 밀려들고 있었다.

그러나 채빈은 달뜬 숨을 토해내면서도 웃었다. 힘겨운 만큼 확실하게 초식이 몸에 배고 있다는 걸 느낄 수 있었다. 성취감으로 기분이 고조되면서 아랫배가 다 찌르르 울렸다.

얼마나 시간이 흘렀을까.

'휴우, 이제 그만하고 좀 쉬어야겠다.'

던전 진입을 2시간 앞둔 시점에서 연습을 중단하고 3단봉을 내려놓았다.

이제 채빈은 아예 팔을 들어 올릴 수가 없을 지경이었다. 이 상태로 던전 진입은 불가능했다. 안전한 공략을 위해서는 얼마간이라도 체력을 비축해둬야 할 것 같았다.

채빈은 마왕성에 들어가 숙면을 취했다. 눈을 감기가 무섭게 깊게 잠이 들었다. 그곳에서 정확히 2시간 후, 맞춰둔 핸드폰 알람 소리에 눈을 떴다.

"와우!"

겨우 2시간을 잤을 뿐인데 믿겨지지 않을 정도로 몸이 개운해졌다. 역시, 체력 회복력이 20% 상승하는 마왕성의 효과는 의심할 여지가 없었다.

"자, 후딱 돌아볼까!"

채빈은 기세등등하게 일어나 공략이 쉬운 로쿨룸의 독트로스 광산 던전부터 선택했다. 이제는 눈을 감고서도 공략할 수 있을 정도로 쉽고 익숙한 던전이 됐다. 매번 자신의 손에 맞아죽는 좀비 괴물들에게 미안한 마음까지 들 정도였다.

"하하하하!"

담배 한 개비 피울 짧은 시간 만에 공략이 끝났다. 채빈은 웃음을 터뜨리며 코인과 보상을 챙겨 홀가분하게 마왕성으로 귀환했다.

'별로 힘들지도 않은데 바로 가야겠다. 보상은 한꺼번에 확인해야지.'

채빈은 마왕성에 전리품을 내려놓고 곧바로 천화지의 동부 지저성 던전으로 들어섰다.

예전과 같은 드넓고 휑한 석회암 광장이 채빈을 맞았다. 3단봉을 쥔 채빈의 손에 힘이 바짝 들어갔다.

'괜찮아. 겁먹을 거 없어. 다 거북이처럼 느려터진 놈들이

니까.'

 공략할 자신은 충분히 있었다.

 처음도 아니고 이제 두 번째 방문이다. 4명의 야차가 퍼붓는 공격 패턴도 모조리 파악했다. 그럼에도 불구하고 일전에 겪었던 위기 탓에 적지 않은 두려움이 밀려오고 있었다.

 쿠우우우웅!

 4명의 석회암 야차들이 순차적으로 사방의 문을 통해 모습을 드러냈다. 채빈은 3단봉을 치켜들고 눈으로 그들의 움직임을 주시했다.

 야차들은 변함없이 우람했다. 그리고 강력했으며 위압적이었다. 하지만 거북이처럼 느리기 짝이 없다는 점도 마찬가지였다. 방심하지만 않으면 절대 맞을 리가 없는 느려터진 공격이었다.

 '마음 놓으면 안 돼.'

 채빈은 심장을 울리는 긴장감을 풀지 않았다.

 아무리 느린 공격이라고 해도 그 위력은 막강하다. 방심이 곧 죽음인 던전이다. 4명의 야차를 모두 쓰러뜨리기 전에는 단 1초도 안심할 순 없는 것이다.

 쿵, 쿵, 쿵.

 서야차가 돌화살을 날리려 느릿느릿 움직이고 있었다. 채빈은 왼손에 매직 애로우 마법을 발동시키는 동시에 오른손으로 3단봉을 말아 쥐고 덤벼들었다.

콰아앙! 콰앙! 빠캉!

전투가 시작되었다.

채빈은 침착하게 움직이며 야차들의 간격을 이리저리 벌리는 한편, 틈이 생길 때마다 하나씩 접근해 타격을 가하고 빠지는 식으로 싸워나갔다.

먼저 다리를 부순다. 야차가 무릎을 굽히고 몸을 숙인다. 정수리에 박힌 붉은 보석이 시야에 드러난다. 그 붉은 보석을 깨부순다.

콰앙! 쾅! 쾅!

전투가 시작되고 고작 10여 분 쯤 지났을까.

마지막 하나 남은 야차가 정수리의 보석이 깨지면서 고꾸라지고 있었다.

"휴우!"

채빈이 3단봉을 원래대로 접어 주머니에 넣고 이마자락의 땀을 훔쳤다.

광장 사방으로 희뿌옇게 피어오른 석회암 먼지가 서서히 가라앉고 있었다. 4명의 석회암 야차들은 완전히 침묵한 상태로 여기저기 널브러져 있었다.

'이번엔 확실히 챙겨줘야지.'

일전에는 부상이 심해 코인을 챙기지 못했지만 오늘은 단한 닢도 놓칠 생각이 없었다.

채빈은 탈탈 털다시피 하여 4구의 시체에서 코인을 챙긴 다음, 내려온 나선형 돌계단을 거쳐 천장의 출구로 올라갔다. 상자의 보상까지 남김없이 챙겨 돌아온 그의 만면에 미소가 그득했다.

"후후후."

드디어 가장 즐거운 시간이 찾아왔다.

마왕성 책상 앞에 앉아 던전에서의 수확물을 확인하는 이 시간이 채빈에게는 그 무엇과도 비교할 수 없는 희열이었다.

채빈은 먼저 주머니가 터질 정도로 모인 코인부터 셈을 했다. 예상을 꽤나 웃도는 187코인이었다.

전에 쓰고 남은 8코까지 합쳐 총합 195코인. 역시, 던전이 2개로 늘어나니 코인 수확량부터가 부쩍 늘어났다.

이제는 상자 보상을 확인할 차례였다. 채빈은 독트로스 광산 던전에서 얻은 4종의 보상부터 확인을 시작했다.

〈상자 보상 안내〉

1. 매직 타깃 마법서
—종류:1서클 마법서적
—산지:로쿨룸 대륙

—설명:대상에게 마법의 파편을 아로새겨 원거리 마법의 적중률을 높여준다. 1서클의 마나를 갖춘 자라면 사용 가능하다. 책을 펼치면 습득할 수 있다.
　—요구조건:1서클 이상의 마나

　2. 윈드 마법서
　—종류:1서클 마법서적
　—산지:로쿨룸 대륙
　—설명:지정한 일정 반경의 지역에 바람을 일으킨다. 마나가 강력할수록 지정 범위가 늘어나고 바람의 강도가 상승한다. 1서클의 마나를 갖춘 자라면 사용 가능하다. 책을 펼치면 습득할 수 있다.
　—요구조건:1서클 이상의 마나

　3. 금
　—종류:광물
　—산지:로쿨룸 대륙
　—설명:특이사항 없음
　—요구조건:없음

　4. 빅터 파우스트 레시피

─종류:8등급 무기 레시피
─산지:로쿨룸 대륙
─설명:공작소에서 사용 가능
─요구조건:없음

"굿잡!"

채빈이 책상을 주먹으로 때리며 쾌재를 불렀다. 새로운 마법 2종에 큼지막한 금덩이까지 얻었는데 어찌 기뻐하지 않을 수가 있을까.

"그건 그렇고, 이건 뭐 어떻게 쓰는 거지?"

빅터 파우스트 레시피를 두고 한 말이었다.

레시피라는 종류의 아이템을 보는 건 이번이 처음이었다.

지름 10㎝ 내외의 은백색 원형 금속판 표면에 마계 공용어로 '빅터 파우스트 레시피'라고 음각되어 있었다. 채빈은 금속판을 들고 이리저리 훑어보았지만 사용법이 무엇인지 뾰족한 수를 찾을 수가 없었다.

채빈은 일단 레시피를 책상 구석으로 밀어 놓았다. 공작소에서 사용이 가능하다고 설명에 나와 있으니, 추후 공작소를 개발한 다음에 다시 알아보면 될 것이다.

'자, 다음 보상은!'

이번엔 동부 지저성 던전의 보상을 확인할 차례였다. 이 던전에서 얻은 보상은 안타깝게도 겨우 1종이었다.

〈상자 보상 안내〉

1. 내공심법입문(內攻心法入門)
―종류:9등급 오의비전서
―산지:천화지 대륙
―설명:심법을 통해 단전에 축적한 내공의 흐름을 조율하고 진기를 받아들여 손실된 내공을 회복시킨다.
―요구조건:없음

"이거다!"
고작 하나뿐인 보상이었지만 독트로스 광산 던전의 보상을 상회할 만큼 채빈은 기뻤다.
안 그래도 내공을 얻기만 했지 다룰 줄을 몰라서 고심하던 중이었는데, 거짓말처럼 이토록 딱 알맞은 시점에 보상으로 나올 줄이야.
뒤로 미룰 것도 없었다.
채빈은 앉은 그 자리에서 매직 타깃 마법과 윈드 마법의 비전, 그리고 내공심법입문 오의까지 얻은 보상을 모조리 습득했다.

'후우우!'

채빈은 습득을 마치자마자 마왕성 침상 위에 가부좌를 틀고 앉아 내공심법을 개시했다.

두 눈을 감고 뇌리를 유영하는 심법의 오의에 따라 내공을 운용했다. 첫 관문은 내공이 축적되는 기반인 단전의 올곧은 개방이었다.

채빈은 시간의 흐름을 인지하지 못하고 심법에 집중했다. 전신에서 땀이 비 오듯이 흘러내리고 있었다. 살갗을 뚫고 뿜어져 나온 열기가 모락모락 김으로 피어오르고 있었다.

정적 속에서 시간은 거듭 흘렀다.

채빈의 단전에서 내공이 휘몰아쳤다.

기혈이 열리면서 마왕성을 아우른 진기가 호흡을 통해 체내로 스며들어왔다. 내공이 단전을 터뜨릴 듯 충만해지면서 채빈의 전신이 뒤흔들리고 있었다.

"후읍!"

우우우웅!

어느 순간 채빈이 짧은 숨을 토해내며 감았던 두 눈을 부릅떴다. 거칠게 날뛰던 심장 박동이 평온함을 되찾고 있었다. 채빈의 입가에 한 줄기 미소가 길게 그어졌다. 심법을 깨우친 것이다.

'시험해 보자!'

채빈은 시험 삼아 3단봉을 들고 삼재검법의 초식을 하나씩 펼쳐 보았다. 그리고는 몇 번 휘두르기도 전에 스스로 감탄한 나머지 소리쳤다.

"됐다! 완벽해! 쏘 쿨!"

초식의 위력 자체가 달라져 있었다. 내력이 실린 3단봉이 지금까지와는 달리 날카롭게 공기를 찢어발기고 있었다. 채빈은 3단봉을 내려놓고 이번엔 맨손으로 내공을 실어 날려보았다. 결과는 대만족이었다.

'어지간한 싸움이면 무기도 필요없겠는데?'

시험을 끝내자마자 냉큼 든 생각이었다. 맨주먹에도 내공을 실어 날릴 수 있게 됐는데 특별히 무슨 무기가 더 필요할까.

10년 내공이 담긴 주먹의 힘은 어느 정도나 될까. 적어도 보통 사람이라면 한 방만 제대로 맞아도 게거품을 물고 의식을 잃을 것이다. 어쨌든 채빈은 기뻤다. 현실에서 타인의 눈을 의식하지 않고 사용할 수 있는 강렬한 힘이 생겼으니.

채빈은 싱글벙글한 얼굴로 책상 위의 악마 동상을 향해 손을 뻗었다. 이것은 드디어 마지막 하나 남은 즐거움. 바로 마왕성을 개발할 시간이었다.

'그래, 이번엔 공작소를 만들어 보자.'

채빈은 말풍선으로 떠오른 개발가능 목록을 쓱 훑어보고

공작소를 개발하기로 했다.

이번에 보상으로 얻은 빅터 파우스트 레시피가 있었다. 이걸 공작소에서 어떻게 사용할 수 있는 것인지 무척 궁금했다.

사실 선택권도 없었다. 개발할 수 있는 항목이라고 해봤자 Lv.3의 마왕성과 Lv.1의 공작소 둘뿐이었다. 그리고 가장 중요한 마왕성의 개발비는 무려 420코인. 어차피 채빈이 모은 195코인으로는 어림 반 푼어치도 없는 가격이었다.

채빈은 공작소 개발에 요구되는 90코인을 동상의 투입구에 부지런히 밀어 넣었다.

각종 무구와 물품을 개발할 수 있다는 공작소.

과연 또 어떤 모습으로 자신을 놀라게 해줄 것인지 벌써부터 호기심이 진동하고 있었다.

〈마왕성의 게시판〉

I. 개발 진행 중
A. 공작소(비활성화→Lv.1)
—완료까지 남은시간:1ㅁ분
—개발 진행 중에는 다른 작업을 할 수 없습니다. 개발을 취소하시려면 접촉하십시오.

―생명체가 존재하면 개발이 완료되지 않으니 완료시점에는 마왕성을 비워주십시오.

채빈은 공작소가 개발되는 시간 동안 집으로 돌아와 땀 흘린 몸을 씻었다.

그리고 상쾌한 기분으로 커피 한 잔을 마시고 나니 정확히 10분이 지나 있었다. 젖은 머리를 수건으로 닦으며 태평하게 마왕성으로 향하는 채빈의 모습이 마치 자기 집엘 가는 듯했다.

"우와."

붉은 철문을 열자마자 보였다. 마왕성의 11시 방향에 새로이 생겨난 검은색 구조물이 채빈의 시야를 가득 파고들고 있었다.

공작소(Lu.1)

문패를 보니 일단 공작소가 맞긴 맞았다.

공작소 역시 외관은 그다지 봐줄 만한 부분이 없었다. 직사각형 형태의 지극히 단순한 생김새. 큼지막한 콜라 캔을 엎어놓은 것처럼 생긴 던전 관리소와 거기서 거기였다.

도대체 어떤 멍청이가 마왕성의 건물들 디자인을 맡은 걸까. 내가 발가락으로 찰흙을 빚어 만들어도 이것보다는 잘 만들겠다. 채빈은 쓸데없는 생각을 하면서 공작소의 문을 열었다.

공작소 내부는 던전 관리소에 비해 넓은 편이었다.

중앙에 갈색 목조 직사각형 제단이 놓여 있었다. 높이는 채빈의 목 언저리 정도, 너비는 4미터를 넘어가는 제법 커다란 제단이었다.

제단의 전면에 은백색의 사각광판이 붙어 있었다. 그 광판의 윗변 가운데에 동전 투입구가 달려 있었다. 그리고 밑변을 따라 채빈의 팔뚝만 한 황금빛 레버 4개가 나란히 달려 있는 형태였다.

채빈이 제단으로 가까이 다가가 섰다.

4개의 황금빛 레버에 각각 마계 공용어로 글귀가 적혀 있었다. 좌측부터 순서대로 제작, 합성, 강화, 감정이었다. 채빈은 레버를 하나씩 앞으로 당겨보았다. 레버를 당길 때마다 광판 위로 설명이 떠올랐다.

〔제작의 장〕
—던전에서 획득한 레시피를 이용해 물품을 제작한다. 물품의 종류와 등급에 걸맞은 코인이 요구된다. 제단에 레시피를 올린 다음 안내에 따라 코인을 넣고 레버를 당기면 제작이 시작된다.

―활성화 상태.

〔합성의 장〕

―레시피로 제작한 2개 이상의 물품을 합성해 전혀 새로운 물품을 만들어낸다. 실패하게 되면 합성에 사용된 물품은 완전히 파괴된다.

―비활성화 상태. 개발 필요.

〔강화의 장〕

―레시피로 제작한 물품을 강화한다. 강화에 성공하면 해당 물품이 보유하고 있는 능력이 상승한다. 실패할 시 4강까지는 고정, 5~7강에서는 1단계 감소, 8강 이상부터는 물품이 완전히 파괴된다.

―비활성화 상태. 개발 필요.

〔감정의 장〕

―던전에서 획득한 모든 물품을 감정할 수 있다.

―비활성화 상태. 개발 필요.

채빈은 후다닥 공작소를 빠져나와 마왕성으로 갔다. 책상 위에 놓아두었던 빅터 파우스트 레시피를 집어 들면서 그는 고개를 갸웃거리고 있었다.

'이런 게 정말 무기가 되나?'

빅터 파우스트라는 건 도대체 어떤 형태의 무기인 걸까. 아니, 그 전에 이런 원형 금속판이 무기로 변신이 된다는 거야?

물론 마왕성의 능력을 의심할 단계는 한참 전에 지났다. 그저 채빈은 전혀 실감이 나지 않을 뿐이었다.

공작소로 돌아온 채빈은 제단 위에 빅터 파우스트 레시피를 올려놓았다. 제단 전면의 사각광판이 일순 빛을 내는가 싶더니 화면이 갱신되었다.

[빅터 파우스트]

종류:무기　　　　　　　　등급:B등급
방식:마나 연동형　　　　　공격력:20~25
착용제한:1서클 이상의 마나
부가효과:없음.

물품설명:제국의 대마법사 빅터가 군사 목적으로 개발한 보급형 원거리 무기. 사용자의 마나와 연동해 강력한 마나파동포를 발사한다. 무기를 강화하면 시전자가 소유한 정령과도 연동, 해당 정령의 속성에 따른 정령파동포를 발사할 수 있게 된다.

제작비용:175코인

"아, 머리 아프네."

채빈이 그 자리에 주저앉으며 중얼거렸다.

마왕성의 모든 요소는 엄연한 현실이다.

하지만 지금 눈앞에 펼쳐진 설명은 완전히 온라인 게임 속의 아이템 설명과 다를 바가 없었다.

이토록 적나라하게 마왕성이 게임처럼 느껴지는 적은 처음이었다.

마나파동포는 뭐고 정령파동포는 또 뭐람. 게다가 공격력이라니. 나는 전자로 구성된 게임 속 캐릭터가 아니라 살아 있는 사람이다. 저런 공격력 수치가 어떻게 사람에게 적용된다는 거지?

비용이나 저렴했다면 불평이라도 덜 했을 것이다.

무려 95코인이라는 압도적인 금액.

배보다 배꼽이 커도 유분수지, 공작소 건물을 짓는 비용보다 일개 무기 하나 제작비가 더 비싸다니. 채빈은 실로 어처구니가 없었다.

'아씨, 모르겠다. 이럴 땐 그냥 질러버려야지.'

몇 번이고 제단을 빙빙 돌며 고민한 뒤 채빈은 결정을 내렸다.

기왕 공작소 개시까지 했으니 속는 셈치고 한 번은 만들어 보기로 했다. 이대로 포기하고 돌아가면 어차피 궁금해서 잠도 제대로 자지 못할 테니까.

피 같은 코인을 투입구에 넣으려니 없던 수전증까지 생겨나 손이 부들부들 떨렸다.

채빈은 눈물을 머금고 95코인을 집어넣은 뒤 레버를 힘껏 잡아당겼다.

우우우우우웅!

제단 전체가 빛으로 감싸이면서 진동을 일으켰다.

눈이 부신 채빈이 잠시 옆으로 고개를 돌린 사이에 이변은 끝이 났다.

사각광판 위로 안내문이 떠오르고 있었다.

─제작에 성공했습니다.

제단 위에는 제작이 끝난 빅터 파우스트가 놓여 있었다.

50㎝가량의 길이에 10㎝ 남짓한 지름의 검은색 원통형 무기였다. 왼쪽 앞 포구 측면에 손잡이가, 오른쪽 뒤 측면에 버튼이 달려 있었다.

'별로 좋아보이진 않는데.'

처음 무기를 본 감상은 영 마뜩찮기만 했다.

채빈은 손을 뻗어 빅터 파우스트를 끌어내렸다. 늘씬한 외모와 달리 무기는 제법 무게가 실려 있었다.

'한 5㎏는 되겠네. 이렇게 드는 건가?'

채빈이 오른쪽 어깨에 무기를 얹고 왼손으로 총구 측면의 손잡이를 잡았다. 그러자 오른손은 자연스레 무기 후면에 달린 버튼으로 향하게 되었다.

손가락이 닿은 순간, 채빈은 무심코 그 버튼을 누르고 말았다.

퍼어어어어엉!

"우와아악!"

폭음과 함께 하나로 압축된 마나 덩어리가 터져 나왔다. 채빈이 가진 마나와 연동해 직선으로 뻗어나간 파동은 공작소의 건물 내벽과 충돌하자마자 거대한 구멍을 뚫어버렸다.

"으헉!"

채빈이 빅터 파우스트를 놓치고 엉덩방아를 찧었다. 지금까지 배운 마법들과는 위력 자체가 달랐다. 이 놀라운 절정의 파괴력은 대체 뭐란 말인가.

고작 한 번 발포한 것으로 확실해졌다.

설명에 나온 20~25의 공격력 수치는 실로 엄청난 괴력을 내포하고 있었다. 이건 절대로 현실로 가져가서는 안 될 무기다. 사람이 이 무기에 맞는다면 그 자리에서 골로 가버릴 테니까.

끽해야 주먹다짐에서 우위를 점하고 싶을 뿐이지, 사람을 죽일 정도로 강력한 힘을 원하는 건 아니었다. 물론 던전의 몬스터가 상대라면 이야기가 달라지겠지만.

'뭐, 손해 본 건 아니지.'

적어도 불필요한 무기는 아니었다. 무게가 있어 휴대하기가 조금 어렵겠지만 유용하게 사용할 던전은 얼마든지 있을 것이다. 당장 예를 들면 동부 지저성 던전의 야차들. 지금까지처럼 간격을 신경 쓰며 접전을 펼칠 것도 없이 마나파동포로 한 마리씩 펑! 펑! 펑! 펑! 으헤헤헤헤.

'두고 갈까.'

무겁기도 했거니와 현실에 가져가봤자 쓸 데도 없다. 채빈은 빅터 파우스트를 멀찌감치 구석으로 밀어놓고 자리에서 일어나 엉덩이를 털었다.

바로 그 직후였다.

스으으으윽!

'어?!'

빅터 파우스트의 오발로 인한 내벽의 구멍이 좁아지고 있었다. 마치 살아 있는 생물처럼 내벽이 스스로 증식하면서 복구되고 있는 것이었다.

놀라는 사이에 금세 복구가 끝났다.

공작소의 내벽은 언제 부서졌었냐는 듯이 본래의 멀쩡한 모습으로 되돌아와 있었다.

'뭐야, 이거. 씨발……!'

채빈은 적잖이 소름이 끼쳤다.

부서진 내벽이 스스로 복구되는 광경이 심장을 섬뜩하게 울리고 있었다.

떨리는 가슴을 안고 돌아서는데 불현듯 생각이 들었다. 어쩌면 이 마왕성이라는 공간 전체가 하나의 살아 있는 생물은 아닐까. 지금도 어디선가 모종의 존재가 나를 주시하고 있는 것은 아닐까.

'오늘은 이만 돌아가야지.'

채빈은 쫓기듯이 공작소를 빠져나왔다.

잰걸음을 옮기던 도중 괜히 뒷머리가 간지러워 뒤를 돌아보았다. 당연히 마왕성 그곳엔 채빈 말고는 아무도 없었다.

'아씨, 기분 이상하네.'

채빈은 남은 10코인을 던지듯이 마왕성 책상에 내려놓고 후다닥 출구로 나섰다. 채빈이 떠나고 텅 빈 마왕성의 공간은 언제나처럼 빛을 꺼뜨리지 않은 채 정적에 휩싸였다.

제2장
위세만

이계
마왕성

주말이 지나고 새로운 한 주가 시작되었다.
　월요일이 되자마자 가장 먼저 채빈이 한 일은 최근 던전에서 획득한 금덩이의 처분이었다. 이번에도 노인은 금세 감정을 끝내고는 '250만 원으로 퉁!' 이라고 소리치며 간단히 현금을 건네주었다.
　금덩이를 처분하고 나서는 마을버스를 타고 운전면허 전문학원에 찾아갔다. 인터넷으로 미리 알아본 멀지 않은 장소의 학원이었다. 빨리 면허를 따서 스쿠터가 됐든 차가 됐든 몰고 다녀야지. 채빈은 기쁜 마음으로 등록을 마쳤다.

현실에서의 일정은 이것으로 끝이었다.

이제 남은 태반의 시간을 어떻게 활용해야 하는가. 그 점에 대해 미리 결정을 내린 채빈은 지체없이 마왕성으로 향했다.

'후우!'

힘겨운 수련의 시작이었다.

가장 먼저 가부좌를 틀고 심법을 운용하는 것으로 수련은 시작되었다. 심법은 모든 무공을 다루기 위한 근간이다. 손가락 하나에도 원하는 대로 내공을 조달할 수 있을 때까지 멈출 수는 없었다.

채빈은 각고의 노력을 다해 내공의 흐름을 읽어내며 오묘한 심법의 오의 속으로 파고들었다.

'슬슬 본격적으로 시작해 볼까.'

심법을 마치고 나서는 3단봉을 치켜들었다. 팔이 떨어져 나갈 때까지 삼재검법의 5초식부터 12초식까지를 기계처럼 반복해 연습했다.

'와, 9초식 이거 좆같네.'

9초식 청룡탐조에서 몇 번이나 움직임이 꼬였다.

'왼쪽 무릎을 올려서 몸을 비틀고, 머리 위에서 검을 돌려 비스듬히 지른다.'

채빈은 끊임없이 입으로 귀결을 되뇌며 3단봉을 내질렀다. 자세는 어설프다고 해도 내력이 실린 신제품 두랄루민 3단봉은 칼날처럼 공기를 꿰뚫고 있었다.
 '으으으······. 이제 더는 못해!'
 채빈은 감각이 없어진 팔을 탈골된 사람처럼 축 늘어뜨리면서 삼재검법 수련을 끝냈다. 단전의 내공은 완전히 바닥이 났다. 이만큼 수련했으면 충분하리라.
 '아니, 안 충분해!'
 내공은 거덜이 났지만 마나는 남아 있었다.
 채빈은 지친 몸을 이끌고 마왕성의 한 구석 벽을 마주보고 섰다. 그리고 새로 배운 타깃 마법을 원하는 장소에 조준하는 연습을 시작했다.
 가진 마나가 많다면 매직 애로우도 던져가며 연습할 수 있었겠지만 지금의 채빈에겐 기껏 조준 연습을 하는 게 고작이었다. 매직 타깃으로 조준하는 자체는 그다지 마나 소모가 심하지 않아서 꽤나 오랜 시간을 연습할 수 있었다.
 '아, 이제 때려 죽여도 못해!'
 수십 번의 연습 끝에 채빈은 철판 위의 산낙지처럼 흐느적거리며 주저앉았다. 내일은 또 소스도 만들어야 하니 마나가 회복될 시간을 계산에 넣어둬야 했다.
 채빈은 마왕성으로 들어가 침상에 쓰러져 숙면을 취했다. 몸이 너무 피곤하니 마왕성이 무섭고 자시고 느낄 틈조차 없었다. 베개에 뒷머리를 대자마자 수마가 채빈을 빨아들였다.

그렇게 마왕성의 첫날이 지났다.

하루가 흘렀지만 전날에 비해 달라진 건 거의 없었다. 오전에 운전면허 학원에 다녀오는 일을 제외하고는 모든 시간을 똑같이 마왕성에 투자했다.

지쳐 쓰러질 때까지 수련하고, 마왕성에 쓰려져 숙면을 취하고, 다시 회복하자마자 학원에 다녀와서는 늦을 때까지 혹독한 수련을 계속했다.

온힘을 쥐어짜 수련을 하던 어느 순간.

채빈은 불현듯 웃음이 났다. 이만한 집중력으로 공부만 했다면 고구려대 법대라도 수석으로 입학할 수 있었을 텐데.

후회의 마음은 아니었다. 지금도 어린 나이이고 앞날은 창창하니까. 채빈은 희망으로 기운을 북돋으며 더욱 활기차게 몸을 날렸다.

'오늘은 이 정도로 끝내자!'

쏜살같이 일주일이 흘러가고 금요일이 되었다.

근육통으로 전신이 욱신거려서 더는 버티기가 어려웠다. 채빈은 평소보다 조금 일찍 수련을 끝내고 3단봉을 거뒀다.

'심심하네.'

막상 집으로 돌아와 샤워를 하고 나니 딱히 할 게 없었다. 핸드폰은 조용했다. 재경으로부터 연락이 온 흔적은 하나도 없었다.

'간만에 웹서핑이나 좀 즐겨볼까.'

채빈은 사놓고 거의 쓴 적이 없는 고성능 컴퓨터의 전원을 켰다.

여기저기 사이트를 둘러보고 있노라니 웹 게임 광고 하나가 눈에 띄었다. 적적하던 차에 잘됐다고 생각하며 채빈은 게임을 설치했다.

'마왕성이랑 비슷하네.'

게임을 하면서 채빈은 마왕성을 떠올리고 있었다.

던전에 들어가 몬스터들을 사냥하고, 골드와 아이템을 획득하고, 경험치를 쌓는다. 그렇게 얻은 보상으로 자신의 마을을 개발하는 한편 유저의 영지를 늘려가는 그런 게임이었다.

'마왕성 던전 관리소도 빨리 좀 늘어났으면 좋겠는데.'

지금 채빈이 갈 수 있는 던전은 2곳뿐이었다. 그것조차 매일처럼 드나들 수 있는 것도 아니고 160시간에 한 번씩. 채빈에게는 모자라도 너무 모자랐다.

'딱 10개 정도만 더 개방됐으면 좋겠다. 많이 바라는 것도 아니잖아. 10개 정도면 일주일에 걸쳐서 충분히 공략할 수 있을 테고, 딱 좋은데.'

채빈은 하루라도 빨리 마왕성의 모든 시설을 한계까지 개발시키고 싶었다. 마왕성의 시설이 개발될수록 자신의 능력도 올라간다. 능력이 올라갈수록 현실의 삶도 풍족해진다. 이

것은 너무도 당연해진 공식. 채빈에게 있어 인생의 최우선.

'아, 재미없어.'

캐릭터의 레벨이 5가 되기도 전에 채빈은 게임을 종료시켰다. 하면 할수록 마왕성 생각이 나서 도무지 집중이 되지 않는 것이었다. 현실에 마왕성이 있으니 프로그램으로 만들어진 가상의 영지를 깨작깨작 개발하고픈 욕구가 도무지 들지 않았다.

열린 창을 통해 바람이 흘러들어 왔다.

시원한 바람결이 채빈의 귀밑머리를 스쳐 갔다. 저절로 하품이 나왔다. 4월의 날씨는 적당히 노곤해져 있었다.

'돈을 좀 어떻게 굴려봐야 할 텐데.'

생활이 윤택해진 덕분일까. 이제는 재산을 증식할 궁리를 할 만큼 마음에 여유가 생겼다.

채빈은 통장을 펼쳐 잔고를 확인했다.

이것저것 다 쓰고 남은 금액은 600만 원 남짓.

요즘 같은 세상에 큰돈이라고는 못하겠지만 그렇다고 적은 돈 또한 아니었다. 그리고 돈은 앞으로도 차곡차곡 쌓일 것이다.

매주 들어오는 130만 원의 붕어빵 소스값만으로 남부럽지 않은 생활을 꾸려갈 수 있게 됐다. 1년으로 계산해 보니 연봉 6,240만 원. 명문대 졸업생이 대기업에 취업해도 이만큼 받기란 쉬운 일이 아니다. 그것도 20살의 나이에? 붕어빵이 웃는다.

먹고살 걱정으로 가슴 졸이던 암울하기 짝이 없는 과거는 진즉에 지나갔다. 이제는 이 돈을 어떻게 굴려야할 지 행복한 고민을 해야 할 판국이었다. 그런 생각을 하자 채빈은 홀로 기쁨에 겨워 창틀에 얼굴을 묻고 쿡쿡 웃었다.

드르르륵!

책상 위의 핸드폰이 진동했다. 핸드폰을 집어든 채빈의 입가에 미소가 그어졌다. 주유소의 좋은 동료. 세만의 이름이 액정 위에 떠오르고 있었다.

"네, 세만이 형."

―잘 지내냐.

"잘 있죠. 형은요?"

―나도 그럭저럭 지낸다. 시간 괜찮으면 어때? 저녁 먹을 겸 술 한잔할까?

듣던 중 반가운 소리였다. 아직 저녁을 먹지 않은 데다 심심하기까지 했던 채빈은 즉각 나가겠노라고 대답했다. 사거리 근방의 족발집에서 만나기로 약속하고 채빈은 전화를 끊었다.

'으응?'

세탁한 셔츠를 꺼내 입을 때였다.

창밖에서 부스럭거리는 소리가 어렴풋이 들려왔다. 채빈은 슬쩍 돌아보았다가 대수롭지 않게 생각하고 청바지에 다리를 꿰어 넣었다. 그런데 부스럭거리는 기척은 점점 더 또렷하게 계속되고 있었다.

'고양이?'

혹시 쓰레기봉투라도 찢고 있는 거라면 곤란한 일이다. 채빈은 재빨리 남은 다리를 청바지에 꿰고 창가로 가 머리를 내밀었다.

"어? 누나?"

채빈이 두 눈을 치켜떴다.

소리의 원인은 고양이가 아니라 재경이었다. 어둠 속에서 재경이 무거운 마차를 낑낑거리며 끌어가고 있었던 것이다.

"누나! 뭐해?!"

채빈이 소리쳐 불렀다.

재경이 흠칫 몸을 떨며 이쪽을 돌아보았다. 하지만 그것도 잠시. 더욱 서둘러 마차를 길 끝으로 끌어갔다.

"재경 누나!"

채빈이 슬리퍼를 꺾어 신고 뒤쫓아나갔다. 비 오는 날 먼지가 나도록 뛰어가서 재경이 열 걸음 거리를 채 가기도 전에 앞을 가로막았다.

"허억! 헉! 재경 누나, 지금 뭐하는 거야?"

재경이 시선을 늘어뜨리며 대답을 피했다.

채빈은 어떻게 돌아가는 상황인지 얼마간 눈치를 챘다. 좀처럼 의지하지 않으려는 재경의 성격은 대체 어느 선까지 좋은 부분이라고 받아들여야 할까. 자신에게 피해를 주지 않으려고 이렇게 도망가는 재경에게 어떻게, 무슨 말을 해야 하는 걸까.

"다른 데 가서 장사하려고?"

채빈이 물었다.

재경은 시선을 피한 채로 고개를 살며시 끄덕였다.

"응, 소스는 택배로 보내줘."

"말도 안 되는 소리하지 마. 여기 말고 어디 장사할 데가 있다고 가는 건데?"

"봐둔 데 있어."

"그게 어딘데?"

"있어."

"어디냐고? 덮어놓고 우기지 말고 어딘지 말을 해봐."

채빈이 가슴을 쑥 내밀며 다그쳤다. 당연히 재경은 대답하지 못하고 우물쭈물했다.

"나한테 피해올까 봐 이래? 고작 생각한 게 야반도주야? 누나가 이러면 내 마음이 편할 것 같아?"

채빈의 상기된 목소리가 텅 빈 상가 건물을 울리며 퍼졌다.

재경은 손을 치켜들어 쓰고 있는 모자를 더욱 푹 눌러썼다. 그래도 젖어들고 있는 재경의 두 눈이 채빈에게는 훤히 보였다.

"일단 돌려."

채빈이 마차 앞으로 가서 손잡이를 움켜잡았다.

"하지 마."

"비켜."

"하지 말라니까!"

재경이 마차를 붙잡고 버텼다. 하지만 애당초 힘에서 상대가 될 리 없었다. 채빈은 억지로 재경을 뿌리치고 마차가 원래 있던 곳을 향해 방향을 돌렸다. 재경의 숨소리가 거칠어졌다. 양어깨를 크게 들썩이면서 그녀가 입을 열었다.

"네가 뭔데?"

나직한 한마디가 차가운 밤공기를 가르며 날아와 채빈의 귓가를 관통했다.

"너랑 나랑 알고 지낸 지 고작 한 달밖에 안 됐거든? 이건 내 인생이야. 내가 알아서 할 문제야."

채빈이 굳은 얼굴로 돌아보았다.

미동조차 없는 얼굴에서 두 눈만이 부서질 듯이 세차게 흔들리고 있었다. 재경은 피하지 않고 눈에 힘을 줘 채빈과 맞섰다.

채빈이 무감각한 목소리로 물었다.

"진심으로 하는 얘기야?"

"어, 진심이야."

소리도 없이 작고 가느다란 한숨.

채빈이 쓰디쓴 미소를 지으며 재차 물었다.

"한 번만 더 물어볼게. 진심이야?"

"진심……."

"정말 진심이야?"

"……."

재경이 고개를 떨어뜨렸다. 그대로 입을 다물고 침묵. 채빈은 그런 재경을 물끄러미 바라보았다.

숨소리 하나 없는 이른 저녁의 정적. 길 너머에서 동네 꼬마들의 웅성임이 아련하게 들려오고 있었다.

"알았어, 그럼."

채빈이 마차 손잡이에서 손을 떼고 어깨를 으쓱해 보였다.

"누나 마음대로 해. 소스는 걱정하지 마. 택배로 보낼 테니까. 문자로 받을 주소나 보내 줘. 나 약속 있어서 가볼게."

채빈은 빠르게 할 말을 끝내고 재경의 옆을 휑하니 지나쳐 갔다.

재경이 퍼뜩 고개를 들고 돌아보았다. 눈물로 온통 희뿌옇게 번진 시야 속에서 채빈의 뒷모습이 작아지고 있었다.

"아, 아……."

재경이 의미없는 목소리를 토해내며 떨리는 팔을 맥없이 뻗었다.

채빈이 돌아선 순간부터 칼로 에는 듯 가슴이 쓰라렸다. 이러려고 한 게 아니었는데. 어째서 이렇게 슬프고 초조한 기분이 드는 거야. 왜 이렇게 미안하고 가슴이 먹먹한 거야.

"채빈아, 채빈아."

생각보다 먼저 발이 앞으로 나갔다. 재경은 울음 섞인 목소리로 채빈을 부르고 있었다.

"채빈아, 채빈아. 있어 봐. 기다려 봐."

채빈의 발걸음은 오히려 빨라지고 있었다. 쫓아가는 재경의 두 다리도 덩달아 빨라졌다.

"내가 잘못했어. 누나가 잘못했어. 네가 다칠까봐 무서워서 그랬어. 나 때문에 네가 다칠까봐 걱정돼서 그랬어. 그냥 그렇게 가지 마. 어? 가지 마."

재경이 애원하듯 말하며 채빈의 팔목을 붙잡았다.

채빈이 우뚝 멈춰 서서 몸을 빙글 돌렸다. 재경의 얼굴은 이제 딱히 어디랄 것도 없이 줄줄 흘러내린 눈물로 질편하게 젖어 있었다.

"다시는……."

채빈이 미간을 좁힌 채 입을 열었다.

"아까처럼 그런 식으로 얘기하지 마."

"응, 응."

"진짜로 화낼 거야."

"응, 응."

재경이 옷소매로 눈가를 훔치며 연거푸 고갯짓을 해보였다. 채빈이 티슈를 꺼내 건네주며 답답하다는 듯이 말했다.

"그리고 내가 왜 다쳐? 나 싸우는 거 못 봤어? 내가 다 이겼잖아."

"너 바보니? 그래서 더 무서운 거야. 걔들 와서 시비 걸면 또 싸울 거잖아. 다음엔 5명씩 10명씩 올지도 모르는데."

재경이 울먹이면서도 지지 않고 맞섰다. 채빈은 순간 할 말을 잃고 입을 다물었다. 실상 그녀의 말이 틀린 것도 아니니까.

길가에 버려져 있던 깡통이 눈에 들어왔다. 채빈이 화풀이 삼아 깡통을 힘껏 걷어찼다. 상가 너머를 향해 날아오른 깡통이 달빛을 관통하고 있었다.

그 깡통을 가리키며 채빈이 악에 받친 목소리로 외치듯이 말했다.

"아무튼 내가 다 알아서 할 테니까 걱정하지 말라고! 몇 놈이 오든 누나 괴롭히는 새끼들은 다 아가리에 철봉을 물리고 뒤통수를 찍어버릴 테니까! 누나가 뭘 잘못했는데! 열심히 일해서 착실히 돈 버는 사람한테 왜 지랄들이냐고!"

"알았으니까 소리 지르지 마."

"후우……."

채빈이 길게 한숨을 뽑았다.

어느 정도 진정되는 기미가 보이자 티슈로 눈물을 닦던 재경이 슬쩍 말을 건넸다.

"대신 너도 말 그렇게 하지 마."

"무슨 말?"

"고운 말만 써. 욕하고 그러지 마."

"알았어."

"약속해."

재경이 손가락을 내밀었다. 채빈이 토할 것 같은 얼굴로 물러섰다.

"아, 쪽팔리게 무슨 손가락이야 또."

"얼른 손가락 안 내밀어?"

"아우, 진짜. 자. 됐지?"

"도장도 찍고."

"하지 좀 마!"

소리치는 와중에 핸드폰이 울렸다. 그제야 채빈은 세만과 만나러 나가는 길이었음을 기억해내고 뜨악한 얼굴을 했다.

"아, 누나. 밥 먹었어?"

"아니, 아직."
"같이 가자. 아는 형 만나서 밥 먹기로 했어."
"어? 아니야. 난 모르는 사람이고 그냥……."
채빈이 더 듣지도 않고 덥석 재경의 팔목을 잡아끌었다.
"괜찮으니까 빨리 가자고. 족발 먹을 거야. 맛있겠지?"
"아파! 아, 알았어, 채빈아. 내가 걸을게."
재경이 마지못한 기색으로 채빈의 뒤를 따랐다.
채빈의 걸음이 하도 빠른 나머지 재경이 도중에 채빈의 옷자락을 살며시 쥐었다. 앞을 향한 채빈의 얼굴은 웃고 있었다.

"아……."
식당 안쪽의 의자에 멀거니 기대어 앉아 있던 세만은 채빈과 함께 들어서는 재경을 보고 허둥지둥 일어섰다.
"누, 누구시냐?"
채빈이 재경을 쓱 쳐다보고는 대답했다.
"누나예요."
"누나? 혹시 친누나?"
재경이 먼저 귀밑머리를 쓸어 넘기며 고개를 숙여 인사했다.
"처음 뵙겠습니다. 하재경이라고 합니다."

"어이쿠, 네. 네. 저는 위세만입니다. 반갑습니다."

마주 고개를 숙이는 세만의 얼굴이 술기운도 없이 벌겋게 달아올라 있었다. 세만이 고개를 숙인 채 채빈을 쏘아보았다.

"채빈아, 나 미안한데 화장실 좀 다녀올게."

"어, 다녀와."

재경이 자리를 비우자 세만은 기다렸다는 듯 채빈에게 달려들었다.

"야, 너 뭐하자는 짓이야!"

"제가 뭘요?"

"뭘요? 지금 두 눈 똑바로 뜨고 뭘요라고 묻는 거야? 너 여자 사람을 데리고 왔잖아! 젠장, 미리 말해줬으면 면도라도 하고 나왔을 텐데!"

"헤헤, 누나 예쁘죠?"

"어, 미모는 좀……. 아니! 난 현실의 여자엔 관심없다. 나에겐 오로지 2D뿐이야. 내 인생엔 오직 사테라이자만 있으면 충분해."

"알아들을 수 있는 얘기 좀 하세요. 사장님. 여기 주문이요!"

채빈이 족발 특대와 소주 1병을 주문했다. 잠시 후 재경이 화장실에서 돌아와 채빈의 옆자리에 앉았다. 채빈이 키득거리며 자세히 서로를 소개했다.

"세만이 형이랑은 주유소에서 일하다가 만났어. 그리고 세만이 형, 재경이 누나는 제 동업자예요."

"동업자?"

"같이 붕어빵 장사하거든요."

가벼운 잡담을 나누는 사이에 주문한 음식이 한 상 가득 푸짐하게 차려졌다. 세 사람은 서로의 잔에 소주를 채우고 건배를 나눴다.

"자, 원 샷!"

술과 함께 맛있는 족발을 먹으면서 일상의 여러 이야기가 상 위를 오갔다. 시간이 흘러 3병째의 소주를 비울 즈음이 되자 이야기의 포커스는 채빈과 재경의 근황에 맞춰지고 있었다.

세만은 지루해하는 기색도 없이 채빈의 이야기를 귀 기울여 묵묵히 듣고 있었다. 상가연합과 싸웠던 이야기를 했을 땐 세만의 얼굴에도 분노가 어렸다.

"그런 일이 있었군. 상가연합 새끼들, 아니 녀석들, 아니 인간들… 치졸하네."

세만이 재경을 의식하고 몇 번이고 단어를 고쳐 말했다. 채빈은 세만의 빈 잔에 소주를 따르며 혀 꼬부라진 발음으로 말을 계속했다.

"이대로는 계속 피곤해질 것 같아요. 차라리 노점을 그만

두고 어디 가게를 얻는 게 나을 것 같다는 생각도 들고요. 귀찮은 인간들 좀 안 들러붙게."

재경이 걱정스런 얼굴로 끼어들었다.

"그럴 돈이 어딨어, 끅."

"당장 하자는 얘기는 아니고 그냥 말이 그렇다는 거지. 자, 누나. 한 잔 더 해."

그때였다.

고개를 주억거리며 듣고 있던 세만이 입으로 가져간 잔을 도로 내려놓았다. 수염으로 방울진 소주를 흘리며 그는 손가락을 딱 튕겼다.

"가격 대비 쩌는 점포가 있긴 한데."

"정말요? 어디요?"

"아우랑 빌딩. 왜 거기, 주유소 기숙사 뒤쪽으로 3층짜리 건물 있잖아."

"아아……! 거기!"

채빈이 기억을 되짚고 고개를 끄덕였다. 이름만 빌딩인 낡아빠진 건물이었다. 2층은 당구장, 3층은 전당포, 그리고 지하의 PC방은 입간판만 남아 있을 뿐 망한 지가 한참이라고 했다.

그리고 1층은 채빈의 기억에 따르면 3칸의 점포 중 딱 1곳만 분식집을 하고 있었다. 그 분식집에서 뭔가를 사 먹은 적은 없었던 것 같다. 일단 그 하수구 냄새만 풀풀 나는 뒷길을 지나칠 일 자체가 없었다.

"거기 분식집은 아직도 해요?"

"그게 지난주에 폐업했으니까 꺼낸 소리야. 딱히 인테리어할 것도 없거든. 대충 청소하고 기계만 갖다 놓으면 바로 영업할 수 있을 정도야. 거기 건물주랑 나랑 오다가다 인사하고 지내는 정돈데, 지난주에 주유소에 와서 얘길 하더라고."

"오호……."

채빈은 진심으로 흥미가 동했다. 자리가 나쁜 건 전혀 상관없었다. 애당초 위치가 좋지 않은 걸로 치면 지금이 훨씬 열악하지 않은가.

중요한 건 점포의 임대료였다. 세만이 채빈의 속을 읽기라도 한 것처럼 타이밍 좋게 말했다.

"500에 40."

"진짜요? 진짜 그것밖에 안돼요?"

"그러게 가격 대비 쩐다고 했잖아. 서울에서 이만한 자리 찾기 힘들지."

"무조건 해야겠어요."

채빈이 두 주먹을 굳게 쥐고 강한 의지를 드러냈다. 보증금 500만 원에 월세 40만 원이면 지금 가진 돈으로도 충분히 마련할 수 있다.

월세 40만 원쯤은 아깝지도 않았다. 재경이 지저분한 상가 연합 녀석들과의 충돌을 상당수 피할 수 있게 될 테고, 붕어빵 말고도 여러 가지 음식을 팔 수도 있을 테니 어떻게 봐도 좋은 일이었다.

"정말 그렇게 할 거야?"

재경은 여전히 근심스런 기색을 감추지 못하고 있었다. 채빈이 가슴을 쭉 펴고 자신만만하게 고개를 끄덕였다.

"누나는 손톱만큼도 신경 쓰지 마. 내가 다 알아서 할 테니까. 내 결정이니 경비도 내가 다 알아서 할 거야."

"채빈아."

"누나는 마차에서 하던 장사를 앞으로는 가게에서 하면 되는 거야. 몸만 마차에서 가게로 옮기는 거라고. 쉿, 그만. 이제 아무 말도 하지 마. 아, 세만이 형, 건물주는 내일 만나볼 수 있을까요?"

"어? 으음, 그거야 어렵지 않지. 거기 근처에 사니까. 내일 아침에 전화해 볼게."

"부탁드려요. 주말에 건물주랑 계약부터 하고 월요일에 바로 영업신고 때려야지. 어디 보자. 필요한 서류들이……. 여기요! 죄송한데 메모지랑 볼펜 좀 가져다주시겠어요?"

채빈이 손을 번쩍 들고 소리쳤다. 재경과 세만은 거침없는 채빈의 추진력에 할 말을 잃고 서로를 바라보다 멍하니 잔을 맞부딪쳤다.

　바로 다음날.

　채빈은 자신의 의지를 실행하기 위해 일찌감치 집을 나섰다. 그리고 세만의 주선으로 아우랑 빌딩의 건물주와 만날 수 있었다.

　"전 주인이 아직 폐업신고를 안하고 사업자만 없앴어요. 지위승계하면 위생교육 수료증 말고는 달라는 것도 없을 거야. 그것도 한 보름 내로만 내면 되니까 월요일에 영업신고부터 해요."

　"네, 그럼 가게 좀 볼 수 있을까요?"

　"얼마든지. 여기 열쇠."

　채빈은 건물주로부터 열쇠를 받아 세만과 함께 1층의 점포로 내려갔다.

　"어때, 괜찮지?"

　"네, 좋은데요."

　셔터를 열고 들어간 가게는 8평 남짓이었다.

　3개의 테이블과 안쪽으로 작은 주방이 보였다. 가게를 닫은 지 얼마 되지 않아서인지 그다지 청소할 구석도 없어 보였다.

　"세만이 형, 진짜 고마워요. 형 덕분에 이렇게 좋은 자리를 얻게 되다니. 감격이에요."

"그냥 지나가다 본 거 알려준 것뿐인데 뭘."

세만이 대수롭지 않게 받아넘겼지만 채빈은 고개를 설레설레 내저으며 진지하기 짝이 없게 말을 이었다.

"주유소에서 알바할 때 말씀드렸지만 저 서울에 아는 사람 아무도 없었어요. 그러다가 재경 누나 만나고, 이렇게 또 세만이 형 만나게 돼서 얼마나 다행이라고 생각하는데요."

"낯간지럽다. 적당히 해."

"형은 진짜 좋은 사람이에요. 처음 만난 순간부터 얼굴만 보고도 알 수 있었어요."

"악, 하지 마!"

다가오는 채빈을 피해 세만이 질겁하며 뒤로 물러섰다. 바로 그때였다.

"휴우, 아직 안 늦었나 보네?"

채빈과 세만이 동시에 돌아보았다.

어느새 가게로 들어온 재경이 가슴에 손을 얹고 숨을 헐떡이는 중이었다.

"재경 누나? 무슨 일이야. 집에서 쉬지."

"휴우, 뛰어왔더니 죽겠다. 계약 아직 안 했지? 내 이름으로 계약하려고."

재경이 화사하게 웃으며 안주머니에서 지폐가 두둑하게

든 봉투를 꺼냈다. 채빈이 심각해진 얼굴로 뭔가를 말하려 하자 재경은 '쯔쯔쯔' 하는 얼굴로 손가락을 흔들어 보였다.

"이 정도 돈은 있어. 나한테 부담 안 주려고 하는 건 알겠는데 결국 이건 내 장사야. 그러니까 내가 계약하고 내가 월세 내면서 장사하는 게 당연해. 채빈이 넌 여태까지처럼 소스만 팔아주면 되고."

"진짜 괜찮겠어?"

채빈이 굳이 자기 앞으로 계약하려고 나선 데에는 이유가 있었다. 재경의 상황이 궁핍해서 보증금을 내기가 어려우리라고 판단했기 때문이었다.

물론 재경에게 돈을 빌려줄 수도 있었다. 다만 받지 않을 게 분명하기에 아예 말조차 꺼내지 않았을 뿐이었다. 우선 자기 앞으로라도 계약을 한 다음 나중에 기회를 봐 넘기려고 계획을 짰던 건데, 이렇게 돈을 만들어올 줄이야. 정말 어쩔 수 없는 고집쟁이라고 생각하면서도 채빈은 실실 새어나오는 웃음을 감출 수가 없었다.

재경이 가게를 둘러보며 재잘거렸다.

"가게만 있으면 일은 어떻게든 할 수 있어. 여긴 마차에 비하면 완전 천국이네. 엄청 넓어. 세만 씨, 구비서류 준비하는 법 좀 이따가 알려주시겠어요?"

"아, 네. 그럼요. 뭐 별거라고……."

"고맙습니다. 후후, 그럼 주방 좀 구경해 볼까."

재경이 콧노래를 흥얼거리며 주방으로 들어갔다.

봄날의 햇살이 먼지 쌓인 환풍기 틈을 비집고 들어와 낡은 내부를 환하게 비추고 있었다.

한 쌍의 나비들이 열린 문을 통해 가게 안으로 날아들었다. 채빈은 고개를 들고 머리 위에서 너울너울 춤을 추는 나비들을 올려다보았다. 마치 자신에게 모든 일이 잘 풀릴 거라고 속삭이는 듯했다.

그러나…….

주말의 기쁨은 딱 거기까지였다.

일요일이 되어 던전 공략을 나선 채빈은 보상 공간 한가운데에서 피가 거꾸로 솟고 말았다.

"쌍, 미치겠네!"

던전 공략 자체는 매우 쉬웠다.

독트로스 광산의 좀비 괴물들이야 거론할 가치도 없었다. 이번엔 그동안 나름 애를 먹었던 동부 지저성의 석회암 야차들도 눈 깜짝할 사이에 해치웠다. 빅터 파우스트를 챙겨간 덕분이었다. 야차들은 마나파동포 한 방에 모조리 그 자리에서 으깨져 즉사했다.

"제기랄!"

쾅!

채빈이 괴성을 지르며 텅 빈 보상 상자를 냅다 걷어찼다. 독트로스 광산에 이어 동부 지저성마저 단 1개의 보상도 없었다. 너무 간단하게 공략해서 보상이 없는 건가? 어떻게 금덩이 하나, 아니 축령구 하나조차 나오질 않는 거야!

'진짜 이상하네.'

채빈은 이 시점에 처음으로 보상에 대해 의문을 가지게 되었다. 던전을 공략하면 할수록 보상이 점점 줄어드는 것 같은 느낌이었다.

'그래도 코인은 꽤나 모았으니까 뭐.'

주머니가 터지도록 획득한 코인으로나마 위안을 삼을 수밖에.

오늘은 양쪽 던전을 통틀어 174코인을 얻었다. 전에 남은 10코인까지 합쳐 총합 184코인. 아직도 마왕성의 Lv.3 개발 비용 420코인까지는 멀었다. 적어도 2주는 더 걸릴 것이다.

'급할 거 없어. 아무도 쫓아오지 않아. 마왕성이 무너지지도 않고. 천천히 가면 돼.'

채빈은 획득한 코인을 마왕성의 책상에 놓고 집으로 돌아왔다. 현실로 귀환하자마자 주머니의 핸드폰이 몸을 떨면서 밀려 있던 메시지를 띄웠다.

하재경:세만 씨가 도와줘서 주유소 앞에서 붕어빵 팔았다.

완전품절! ^^ 돈 입금했어. 주말 잘 보내고 다음 주중에 가게 한 번 놀러와.

"하하하."
문자를 본 채빈은 던전 보상이 없어 화가 났던 일마저 잊고 입을 벌려 웃었다.
마왕성만 소중한 것이 아니었다.
고독하고 험난한 삶을 살다 맨몸으로 서울에 올라와 이토록 좋은 사람들을 만났다. 그들 덕분에 이만큼 웃고 살 수 있는 거라는 생각이 들었고, 채빈은 그만 코끝이 찡해졌다.

채빈과 세만의 축하 속에 재경은 조촐한 자신의 가게를 개업하게 되었다.
"축하해, 누나."
"대박 나세요, 재경 씨."
첫날부터 찾아온 손님들이 가게 앞을 줄을 지어 섰다. 채빈이 예전의 마차에 개업 안내 공지문을 붙여둔 덕분이었다. 스페셜 붕어빵은 만들기가 무섭게 불티나게 팔리기 시작했다.
"가게 열었네? 한승연 닮은 언니 축하해요!"
눈에 익은 여대생 셋이 찾아와 붕어빵을 사 먹으며 재경을 축하해주었다. 그들 이후로도 눈에 익은 손님들이 꾸준히 찾아와 축하의 말을 건네며 붕어빵을 사갔다.

팔리는 건 붕어빵만이 아니었다.

재경은 붕어빵 외의 메뉴로 오뎅과 떡볶이도 준비했다. 이쪽도 성과가 좋아서 가게 문을 닫기 전에 준비한 재료를 모두 소모시킬 수 있었다.

"나 여기서 아르바이트나 할까 봐."

가게 문을 닫을 때 바닥을 쓸며 세만이 중얼거렸다. 재경이 그 말을 듣자마자 반색을 하고 손뼉을 쳤다.

"정말요? 안 그래도 너무 바빠서 문제였는데 그래주시면 저야 감사하죠!"

"세만이 형. 주유소 일은 어떡하고요?"

"그만두면 되지."

채빈의 물음에 세만이 간단히 대꾸했다. 하도 천연덕스러운 반응이어서 채빈은 뭐라고 더 말을 붙일 수도 없었다.

세상에는 도대체가 무슨 생각을 하는지 알 수 없는 부류의 사람이 있다. 채빈에게는 세만이 딱 그런 부류였다.

돌이켜 보면 처음 보았을 때부터 지금까지 세만의 인상은 줄곧 괴특했다. 박학다식한 면모를 비롯해 미심쩍은 부분이 도무지 한두 군데가 아니었던 것이다. 좋은 사람이라는 건 마음으로 인정하고 있었지만 이건 그런 것과는 별개의 문제였다.

그때였다. 청소를 끝낸 세만이 두 손을 탁탁 털면서 제안했다.

"우리 오늘 개업 축하하면서 가게에서 간단하게 한잔합시다. 어때요?"

"저는 좋아요. 누나는?"

"나도 당연히 좋지."

"그럼 내가 말을 꺼냈으니 주전부리를 준비해 오도록 하지. 잠깐만 기다려."

위세만이 겉옷에서 지갑을 꺼내더니 지폐만 몇 장 뽑아서 가게를 나섰다. 순간 채빈의 시선이 무심코 펼쳐져 있는 지갑으로 향했다.

'어?'

보려고 마음을 먹고 본 건 아니었다. 펼쳐져 있는 지갑 가장 위에 오롯이 떠있는 학생증이 채빈의 시선을 잡아당기고 있었다.

'고구려대 컴공과?!'

세만을 향한 채빈의 의구심이 절정으로 불타올랐다. 한국 최고의 명문대학생이면서 왜 이렇게 살고 있는 거지? 샘숭전자에도 당장 취업할 수 있을 사람이 왜 지저분한 몰골로 주유소 아르바이트나 하면서 세월을 보내고 있는 거냐고!

심장이 쿵쿵 뛰었다. 왜인지는 모르겠지만 봐서는 안 될 것을 봤다는 느낌 또한 들었다.

채빈은 재경 몰래 펼쳐진 지갑을 슬쩍 덮어놓고 의자에 털썩 주저앉았다. 멍하니 가게 밖을 보고 있노라니, 길 건너에서 세만이 소주와 안줏거리를 들고 광대처럼 좌우로 몸을 흔들며 뛰어오고 있었다.

"아싸, 오징어 세일이라 3마리에 2,000원 줬다. 그것도 울릉도 명품 뤼비똥 오징어! 캬캬캬캬캬!"

가게로 들어온 세만이 양손에 오징어를 나눠 들고는 천장을 우러러 바보처럼 웃음을 터뜨렸다.

세만을 바라보는 채빈은 도저히 웃음이 나오질 않았다. 아, 모르는 것은 마왕성 뿐만이 아니었다. 이놈의 세상은 온통 알 수 없는 미지로 가득한 것이다.

제3장
의뢰소

이계
마왕성

"언니, 여기 얼마예요?"
"떡볶이 2인분이랑 오뎅 3개 드셨죠? 5,500원이요."
"잘 먹었어요, 언니."
"매번 고맙습니다. 안녕히 가세요!"
소리쳐 인사하는 재경의 만면에는 희색이 그득했다.
어느덧 가게를 열고 보름이 조금 못 되는 시간이 흘렀다. 재경은 매우 즐거운 마음으로 장사를 꾸려나가고 있었다. 스페셜 붕어빵의 소문 덕택에 평일에도 꽤나 많은 손님들이 찾아와 주었고 매상은 연일 상승곡선이었다.

"세만 씨, 슬슬 점심 먹을까요?"

"그러죠. 계란 후라이 할게요."

세만은 자신이 한 말을 지켰다. 정말로 멀쩡하게 잘 다니던 주유소를 그만두고 재경의 가게에 취직한 것이다. 시급 4,700원의 아르바이트생으로.

세만은 재경이 놀라서 할 말을 잃었을 정도로 싹싹하게 일을 잘했다. 설거지를 비롯한 청소는 기본이고 도처에서 역량을 발휘했다. 시간 맞춰 오뎅 넣기, 떡볶이 간 맞추기, 한꺼번에 10개의 라면을 극상의 품질로 끓여내기, 싸고 좋은 재료를 사다 직접 김치 담그기, 여고생들에게 재미있는 농담을 던져 단골로 만들기 등등……. 이제 재경은 세만 없이 혼자 장사할 엄두도 내지 못할 지경이었다.

"세만 씨."

재경이 나직이 불렀다. 테이블을 닦고 있던 세만이 행주를 허공에 털며 돌아보았다.

"왜요."

수염 그득한 지저분한 얼굴은 없었다. 출근 첫날부터 세만은 면도를 하고 있었다. 말끔해진 그의 얼굴은 재경의 가슴을 콩닥콩닥 뛰게 할 만큼 제법 잘생긴 축이었다.

"정말 괜찮으신 거예요?"

"뭐가요? 아, 돈 얘기라면 됐어요. 전 이걸로 만족합니다."

세만이 손을 휘휘 내저었다. 시급을 두고 하는 말이었다. 재경은 돈을 더 주겠다고 하는데도 마다하는 세만을 당최 이해할 수가 없었다.
　"그럼, 직원을 하세요. 월급 잘 챙겨드릴게요."
　"싫다니까요. 전 잉여라서 돈 벌어봤자 쓸 데도 없어요. 그 얘긴 그만합시다."
　세만이 말을 자르고 부엌으로 쏙 들어가 버렸다. 세만은 기괴한 음색으로 유행가를 부르며 설거지를 시작했다.
　재경은 고개를 내저으며 오뎅의 가스 불을 끄고 한숨을 쉬었다. 채빈이 했던 말이 새삼스레 떠올랐다. 세만은 괴특해도 보통 괴특한 사람이 아니었다. 재경의 기준으로도 도저히 이해하기 힘든.
　"세만 씨, 가게 좀 봐주시겠어요? 금방 은행 다녀올게요."
　"그러세요."
　재경이 통장과 현금을 챙겨 가게를 나섰다. 은행으로 향하는 그녀의 발걸음이 하늘을 날 것처럼 가벼웠다. 늘어가는 통장 잔고를 보는 것이 최근의 가장 큰 기쁨 중 하나였다.

　한편.
　채빈은 재경이 향하고 있는 은행에 한 발 먼저 방문했다가 돌아 나오는 참이었다.

₩ 10,015,837

 이번 주도 재경이 어김없이 소스값을 입금시켜 놓은 덕택에 잔고가 8자리로 불어나 있었다. 살고 있는 원룸의 보증금을 합치면 이제 순자산은 거의 2,000만 원에 육박한다. 절로 입가에 미소가 번졌다.
 '슬슬 마왕성에 가봐야지.'
 채빈은 통장을 주머니에 넣고 걸음을 빨리 했다.
 지난주에 던전을 공략하면서 총 339코인이 모였다. 오늘 던전 2개를 공략하고 나면 마왕성 개발비용인 420코인쯤은 너끈하게 모일 것이다.
 코인에 비해 보상은 지난주 역시 처참했다.
 양 던전에서 하나씩 나온 보상은 채빈이 이미 흡수한 1서클 마나의 정수와 10년 내공의 정수였다.
 채빈은 그 정수들을 또 한 번 마셨다. 그리고 크게 낙담했다. 기존의 힘에 더해져 2서클 마나, 20년 내공이 될 거라고 내심 기대했는데 그게 아니었다. 채빈이 가진 마나와 내공은 손톱만큼도 늘어나질 않았던 것이다.
 이 경험으로 채빈은 새로운 것을 배웠다. 마나와 내공을 불리려면 보다 상위 등급의 정수를 얻어야 한다는 사실을. 그러려면 빨리 새로운 던전을 개방해야 할 텐데……. 그런 생각을 하다 보니 채빈은 또다시 속이 탔다.

　채빈은 마왕성에 도착해 무기를 챙겨 던전 공략에 나섰다. 좀비 괴물들은 삼재검법 초식 수련을 겸해 3단봉으로 상대하고, 석회암 야차들은 빅터 파우스트로 후딱 깨부순다. 어느 사이에 이러한 전투 방법이 습관처럼 몸에 배어 있었다.

　퍼어어엉! 펑! 펑!

　"갸아아아악!"

　채빈은 극히 사무적인, 어떻게 보면 맥이 빠진 무감각한 얼굴로 괴물들을 처치하고 코인을 주워 모으고 있었다.

　'오늘 상자도 텅 비어 있거나 혹은 시시한 게 들어있겠지. 이 던전을 공략하는 이유는 코인 획득 말고는 없는 거야. 마왕성을 개발시키기 위한 노가다일 뿐이라구.'

　어쩔 수 없이 해야 하는 일과라는 생각이 든 시점에서부터 의욕이 사라졌다. 던전 공략이 오늘처럼 우울하고 지루하게 느껴질 수가 없었다.

　2개의 던전은 금세 공략이 끝났다.

　비참하게도 이번에도 보상은 없었다.

　채빈은 기가 차다 못해 화가 나서 상자를 힘껏 걷어찼다가 자기 발을 붙잡고 낑낑거리며 마왕성으로 돌아왔다.

　'얼마나 모였을라나.'

채빈은 획득한 코인을 마왕성의 책상 위에 와르르 쏟아부었다. 보상은 공치는 경우가 있어도 코인만큼은 실망시키지 않고 매번 꾸준히 나와 준다. 그나마 감사한 일이라고 여기며 채빈은 오늘 획득한 코인을 하나씩 세었다.

'513코인!'

드디어 Lv.3의 마왕성 개발비용이 모였다.

채빈은 420코인을 동상의 투입구에 부지런히 집어넣었다. 동전이 하도 많아 집어넣는 것만 해도 일이었다. 동전을 다 넣은 후 화면을 건드려 마왕성 개발을 활성화시켰다.

〈마왕성의 게시판〉

I. 개발 진행 중

A. 마왕성(Lv.2→Lv.3)

―완료까지 남은시간:16분

―개발 진행 중에는 다른 작업을 할 수 없습니다. 개발을 취소하시려면 접촉하십시오.

―생명체가 존재하면 개발이 완료되지 않으니 완료시점에는 마왕성을 비워주십시오.

　채빈은 엉덩이를 털고 일어섰다. 슬슬 배가 고팠다. 16분

후에 개발이 완료될 때까지 집에 가서 밥이나 먹고 돌아올 생각이었다.

'이번엔 또 무슨 시설이 새로 나올까.'

지하 창고로 돌아와 층계를 오르면서 채빈은 생각했다. 새로운 시설이 궁금한 것도 있지만 가장 절실하게 기대하고 있는 부분은 던전 관리소였다. 던전 관리소의 레벨을 올려야 새로운 던전이 개방될 것이라 짐작하고 있기 때문이었다.

층계를 다 올라왔을 때였다.

'무슨 소리지?'

현관문 앞에서 채빈이 몸을 멈추고 귀를 바싹 기울였다. 한 번도 올라가 본 적이 없는 2층에서 무엇인가 기척이 일었던 것이다.

'고양이인가?'

현관문을 항상 열어놓으니 길고양이들이 들어와 잠을 자고 있을지도 모른다. 채빈은 확인이나 해볼 요량으로 발소리를 죽이고 조심조심 층계를 밟아 2층으로 올라갔다.

'맙소사!'

처음으로 올라가 본 2층의 복도 끄트머리에서 채빈은 비명이 터지려는 자기 입을 틀어막았다.

폭이 좁은 복도 한가운데에 노숙자로 보이는 40대의 중년 남자가 드러누워 쿨쿨 자고 있었다. 간밤에 먹은 듯한 빈 소주병과 컵라면 용기가 주변에 나뒹굴고 있었다.

'이런!'

채빈의 전신으로 오한이 확 끼쳐왔다.

두 눈은 노숙자를 보고 있지만 머리는 지하 창고의 마왕성을 생각하고 있었다. 그 누구에게도 들켜서는 안 되는 장소다. 오직 나만의 성지인 마왕성을 세상에 노출시킬 수는 없다.

채빈은 올라올 때보다도 조용히 층계를 내려와 지하 창고의 문을 닫았다. 그리고 단단히 결심한 다음 2층으로 올라가 노숙자 옆에 다리를 굽히고 앉았다.

"아저씨, 아저씨."

"크으으……!"

"아저씨, 일어나 보세요."

노숙자가 잠결에 몸을 뒤집었다. 30년을 씻지 않은 것 같은 엄청난 악취가 밀려와 채빈의 후각을 마비시켰다. 채빈은 어질어질해지는 정신을 꽉 붙들고 계속 노숙자를 흔들어 깨웠다.

"으으, 뭐야……. 왜 자는 사람을 괴롭혀……."

"일어나세요, 아저씨. 여기서 주무시면 안돼요. 여기 아저씨 집 아니잖아요. 네? 일어나 보세요."

채빈이 어깻죽지를 붙잡고 계속 흔들자 취해서 잠든 노숙자라고 해도 견딜 재간이 없었다. 노숙자는 얼굴을 잔뜩 구긴 채 한쪽 눈을 가늘게 떴다.
 "아야야야!"
 눈을 뜨자마자 노숙자가 비명을 질렀다. 채빈은 혹시 어딘가 몸이 아픈 게 아닌가 뜨악해서 뒤로 한 발 물러났다.
 "왜 그러세요, 아저씨? 어디 아프세요?"
 "어……. 눈곱이 붙어서 갑자기 뜨려니까 아프네. 잠깐만."
 노숙자가 손에 침을 묻히더니 양쪽 눈의 눈곱을 문질러 닦아내고 있었다. 채빈은 얼빠진 채로 멀거니 그 광경을 내려다보았다.
 "으음, 여기 자네 집이야?"
 "네, 여기 살아요. 아저씬 왜 여기서 주무세요?"
 노숙자가 누런 이를 드러내며 크게 하품을 했다.
 채빈이 코를 비틀어 막고 고개를 옆으로 돌렸다. 한 30년 동안 양치질을 하지 않으면 이 정도로 막강한 구취를 낼 수 있게 되는 걸까?
 "겨울까지만 해도 텅 비어 있었는데. 귀신 붙은 집이라고 해서 아무도 없어서 딱 좋았지. 나만 아는 나만의 집이었어."
 "이제는 사람이 살아요. 아저씨 집도 아니고요."
 "귀신 안 나와? 그런 소문이 잔뜩 돌던데."

"나오긴 뭐가 나와요. 쥐새끼 한 마리 없어요."

"그렇지. 그러니까 나도 여기 살았지."

노숙자가 끙, 소리를 내며 일어섰다. 혹시 덤벼들 생각인가? 채빈은 노숙자를 경계하며 한 쪽 주먹을 쥐고 따라 일어섰다.

"미안해. 이제 안 올게."

"아… 네."

채빈이 쥐었던 주먹을 펴고 황망히 대답했다.

노숙자는 한 손으로 자기 배를 잡고 비틀비틀 채빈을 지나쳐 갔다. 꼬르륵거리는 소리가 유독 크게 채빈의 귓가로 파고들었다.

"아저씨, 집 없으세요?"

채빈이 물었다.

노숙자가 벽을 짚고 돌아서서 고개를 좌우로 흔들었다.

"없어."

"저기, 제가 이런 말씀 드리는 거 실례라는 건 아는데요. 일을 하시지 왜 이렇게 힘들게 사세요? 연세가 그렇게 많이 드신 것처럼 보이지도 않는데요."

"크으……."

노숙자가 제 얼굴을 손바닥으로 감싸고는 뜻 모를 신음을 흘렸다. 때가 잔뜩 묻은 손가락 틈으로 질끈 감은 두 눈이 흔들리고 있었다.

"마누라가 도망갔어."

한참 만에 노숙자가 그렇게 말을 꺼냈다.

"5년 동안 중국에서 열심히 일했어. 번 돈은 매달 한 푼도 어김없이 부쳐줬고. 근데 돌아와 보니까 마누라는 바람이 났는지 자취를 감췄어. 내가 부친 돈이랑 같이."

"아……."

"자네 같으면 살맛이 나겠어? 그것도 내 나이에 이런 일을 겪고? 안 돼. 도저히 안 돼."

그 말과 함께 노숙자가 돌아섰다.

채빈은 2층의 복도 가운데에 멍하니 서서 작아지는 노숙자의 발소리를 듣고 있었다. 먼지 잔뜩 쌓인 창틀 너머로 시선이 갔다. 줄곧 청명했던 날씨는 간데없이 어느덧 하늘이 흐려 있었다.

"아저씨!"

채빈이 뒤늦게 퍼뜩 정신을 차리고 한달음에 계단을 뛰어내려갔다. 자신이 왜 이러는지 알 수 없었다. 이대로 노숙자를 보내서는 안 된다고 가슴 한구석에서 또 하나의 자신이 소리쳤을 뿐이었다.

노숙자는 주린 배를 움켜쥔 채 재경이 사용하던 붕어빵 마차를 힘겹게 지나치고 있었다.

채빈은 한달음에 뛰어가 노숙자의 앞을 가로막고 거친 숨을 헐떡였다.

"뭐야?"

노숙자가 영문을 모르겠다는 얼굴로 채빈을 멀거니 쳐다보았다. 채빈이 지갑에서 30만 원을 꺼내 노숙자에게 내밀었다.

"이거 받으세요."

피곤함에 찌들어 있던 노숙자의 두 눈에 광채가 일었다.

"이 돈 갖고 밥을 사 드세요. 라면에 소주 같은 것만 사 드시지 말고요."

"됐네, 이 사람아."

노숙자가 거절하고 지나쳐 가려 했다. 그러나 채빈은 다시 노숙자를 가로막고 손에 쥔 돈을 한사코 내밀었다.

"받으시라니까요."

"이봐, 학생. 자네 사는 건물에서 무허가로 노숙한 건 미안하게 생각해. 근데 나 거지 아냐."

"누가 아저씨보고 거지라고 했어요? 그냥 받으시고 식사 좀 제대로 하세요."

"동정하지 마."

"동정하는 거 아니라고요. 제 마음 불편해서 이러는 겁니다. 제가 아저씨 내보냈는데 영양실조로 쓰러지면 죄책감 들잖아요. 그리고 영 거슬리시면 나중에 갚으세요. 그럼 되잖아요? 다음 달까지 이자 쳐서 35만 원으로 주세요."

노숙자가 입을 꽉 다물었다.

주름 그득한 양쪽 광대뼈가 부서질 듯 떨리고 있었다. 거기에서 묻어나오는 진한 서글픔이 채빈의 가슴을 더없이 먹먹하게 만들었다.

"식사 제대로 하시고 힘내세요. 어린 제가 이런 말씀드리는 거 진짜 우습지만요. 마음먹고 살면 살 만한 세상이잖아요. 이렇게 무너지면 분하잖아요. 이제부터 아저씨 자신을 위해서 살아 보시라고요."

채빈이 노숙자의 팔목을 잡고 더러운 손에 억지로 돈다발을 쥐어주었다.

노숙자는 손에 돈을 받아든 자세 그대로 몸을 굳히고 서 있었다. 채빈은 가볍게 목례를 하고 집 쪽을 향해 걸음을 뗐다.

열 걸음 정도를 걸었을 때였다.

"학생!"

노숙자가 소리쳐 불렀다.

채빈이 돌아보니 노숙자도 우두커니 서서 이쪽을 바라보고 있었다.

"왜요?"

"이자가 너무 세잖아. 신고할 거야."

"법정 이율 안 넘으니까 불법 아닌데요."

"하하하."

노숙자가 머리 위로 돈다발을 쥔 손을 치켜들었다. 흐려진 하늘에서 가느다란 빗방울이 하나둘씩 떨어지고 있었다.

"곧 갚으러 올게."

"꼭 그렇게 하세요."

노숙자가 손을 좌우로 흔들어 보이고는 등을 보이며 돌아섰다.

빗방울이 점차 굵어지고 있었다. 노숙자는 채빈이 준 소중한 돈을 적시지 않으려는 듯 품에 집어넣고 걷기 시작했다. 어딘가 빨라진 그 걸음에서 힘이 엿보이는 건 채빈 혼자만의 착각이었을까?

'아차차!'

채빈이 제 뺨을 찰싹 때렸다.

감상에 젖는 건 딱 여기까지다. 노숙자를 불쌍하다고 여기는 마음과는 별개로 몹시 위험한 순간이었지 않았나. 만약에 마왕성의 존재를 노숙자에게 들켰다면 무슨 일이 벌어졌을까.

제2의 불청객이 나타나지 말란 법도 없었다. 노숙자가 자기 입으로도 말했듯 귀신이 붙은 건물이라는 소문에는 불청객을 끌어들일 소지가 다분했다.

'무슨 수가 필요해……!'

채빈은 초조함으로 엄지손가락을 깨물며 생각했다. 아무도 이곳에 드나들지 못하도록 특단의 조치가 절실했다.

고민한 결과 나온 답은 결국 하나밖에 없었다.

채빈 자신이 이 건물 자체를 송두리째 매입하는 방법이었다. 마음 놓고 혼자서 마왕성에 출입하려면 역시 그 수밖에 없었다.

'집값이 대체 얼마나 될까?'

낡은 건물이지만 기본적으로 땅값이 있다. 게다가 아무리 외지라고는 해도 서울에 속한 서울의 땅이다. 입에서 억 소리가 적어도 10번은 나올 가격일 터였다. 지금 가진 2,000만 원 정도의 자산으로는 턱도 없으리라는 것쯤 채빈이 모를 리 없었다.

우르릉! 쾅!

"으헉!"

난데없이 눈앞이 번쩍하면서 벼락이 쳤다.

채빈은 기겁을 하고 집으로 뛰어들었다. 등 뒤에서 굵어질 대로 굵어진 빗줄기가 세상을 강타하고 있었다.

'내일 부동산에 전화해 봐야지.'

지하 창고의 문을 열면서 채빈은 생각했다.

지금까지도 돈을 모아야겠다는 생각은 하고 있었지만 다

소 막연한 욕구였다. 그 모호했던 욕구가 이제는 또렷하게 형태를 이루고 있었다.

'집값이 어느 정도인지를 알아두자. 목표치를 정해 놓으면 그만큼 돈도 빨리 모일 거야!'

채빈은 마왕성으로 이동해 붉은 문을 힘차게 열었다. 16분은 한참 전에 지나 이미 완성된 Lv.3의 마왕성이 채빈을 기다리고 있었다.

마왕성(Lu.3)

개발이 끝난 마왕성은 상당히 다른 면모를 풍기고 있었다. 색감 자체는 기존의 황금빛에서 달라진 점이 크게 없었지만 민숭민숭했던 예전과는 달리 외관을 장식한 문양이 돋보였다. 지붕을 아우르는 물결 문양을 비롯해 벽면과 문에는 기하학적인 갖가지 도형의 문양이 새겨져 있었다.

문양이 특히 돋보이는 이유는 음각된 선을 따라 은은하게 뿜어져 나오고 있는 백색 빛 때문이었다. 채빈은 황홀함마저 느끼며 Lv.3의 마왕성을 한참이나 뜯어보았다.

'이제 오두막이라고 무시할 수준을 벗어났군.'

채빈은 진심으로 감탄하며 마왕성의 문을 열고 안으로 들어갔다. 내부는 달라진 점이 없었지만, 채빈은 외관의 눈부신 변화에 만족하고 악마 동상으로 손을 뻗었다. 외관보다 중요한 마왕성의 실을 확인하기 위해서.

〈마왕성의 게시판〉

1. 개발상태
A. 마왕성(Lu.3)
—설명:마왕의 거처.
—기능:마왕성에서 수면할 경우 체력 회복력이 30%, 상처 치유력이 45% 상승한다.

마왕성의 기능은 이번에도 어김없이 상승했다.
채빈은 시선을 아래로 떨어뜨렸다. 마왕성이 개발되면서 새로이 등장한 개발가능 목록이 그곳에서 채빈을 기다리고 있었다.

2. 개발가능 목록
A. 마왕성(Lu.3→Lu.4)
—설명:마왕성이 Lu.4의 오래된 성으로 개발된다.
—소요시간:34분
—요구조건:870코인

의뢰소 83

B. 의뢰소(비활성화→Lu.1)

―설명:의뢰소를 개발한다. 던전 및 대륙과 관련된 각종 의뢰를 받을 수 있게 된다. 의뢰의 종류에 따라 다양한 보상이 주어진다.

―소요시간:10분

―요구조건:90코인

C. 정령계약소(비활성화→Lu.1)

―설명:정령계약소를 개발한다. 레벨에 따라 다양한 종류 및 등급의 정령들과 계약할 수 있게 된다.

―소요시간:10분

―요구조건:90코인

'와, 이건 또 다 뭐지?'

기대했던 던전 관리소는 없었다. 그 대신 처음 보는 항목이 새로이 나타나 채빈의 눈길을 잡아끌고 있었다.

채빈은 의뢰소와 정령계약소에 대한 설명을 몇 번씩 반복해서 읽었다. 요구조건은 둘 다 똑같은 90코인이었다. 수중에 93코인이 남아 있으니 둘 중 하나는 당장 개발시킬 수가 있었다.

'뭘 먼저 개발시키지?'

굳이 형용하자면 행복한 고민이었다. 둘 중 어느 것도 개발을 미루고 싶지 않았다. 고민 끝에 채빈은 코인 하나를 집어 들었다.

'앞면이 나오면 의뢰소, 뒷면이 나오면 정령계약소!'

채빈이 코인을 머리 위로 높이 던져 올렸다. 책상 위로 떨어진 코인이 빙그르르 돌다가 힘을 잃고 멈췄다. 앞면이었다.

채빈은 90코인을 동상에 넣고 개발가능 목록의 의뢰소를 활성화시켰다. 그리고 집으로 돌아와 노숙자를 상대하느라고 미뤘던 밥을 먹었다.

의뢰소가 어떤 형태로 나타날까. 궁금한 나머지 밥이 목으로 넘어가는 건지 코로 넘어가는 건지 분간이 가지 않았다. 채빈은 후딱 밥을 먹고 10분이 되자마자 마왕성으로 돌아갔다.

'와우.'

던전 관리소의 후방으로 새로이 솟아난 원통형의 백색 건물이 보였다. 외관은 던전 관리소를 통째로 복사한 것처럼 같았다. 채빈은 잰걸음을 옮겨 건물 앞으로 다가가 고개를 들었다.

의뢰소(Lu.1)

채빈은 문패를 확인하고 건물 안으로 들어갔다.

내부의 디자인마저 던전 관리소와 매우 흡사했다.

협소한 원형 공간 가운데에 정사각형의 작은 탁자가 놓여 있고, 탁자 위를 가득 채우고 있는 것은 던전의 지도였다. 던전으로 이동하는 마법진이 있는 자리에 그 대신 큼지막한 철제 상자가 자리하고 있다는 점만 던전 관리소와 달랐다.

채빈은 상자를 열어 보았다. 안에는 아무 것도 들어가 있지 않았다. 이번에는 탁자로 다가가 그 안을 들여다보았다.

'이것도 완전 똑같네.'

던전 관리소와 똑같은 지도가 보였다.

활성화된 던전은 이곳에서도 역시 독트로스 광산과 동부 지저성 2곳뿐이었다.

채빈은 손을 뻗어 독트로스 광산 던전을 건드려 보았다. 이윽고 말풍선이 채빈의 눈앞으로 떠올랐다. 독트로스 광산에 대한 의뢰 목록이 담겨 있었다.

〈독트로스 광산〉

A. 잊혀진 광차

—목적:파묻힌 선로를 발굴하여 숨겨져 있는 또 하나의 광차를 발견한다.

—보상:150코인

B. 무저갱의 구울
—목적:독트로스 광산 최하지점에 서식하고 있는 구울을 찾아내 처치한다.
—보상:120코인, 장비 레시피

'이럴 수가!'
의뢰 목록을 확인한 채빈은 적잖은 충격을 받았다.
독트로스 광산 던전은 100% 공략했다고 자신하고 있었다. 그런데 숨겨진 길이 있었을 줄이야. 게다가 최하지점에는 구울이라는 몬스터가 서식하고 있다고?
'아, 이게 다가 아니지!'
채빈은 허겁지겁 천화지 대륙의 동부 지저성 던전으로 손을 뻗었다. 새로운 의뢰 목록으로 화면이 갱신되었다.

〈동부 지저성〉
A. 야차의 무기 사용
—목적:야차의 무기를 이용해 4명의 야차를 처치한다.
—보상:120코인, 축령구

동부 지저성 던전의 의뢰는 하나였다.

채빈은 마음이 급해지는 것을 억누르지 못하고 발을 동동 굴렀다. 당장 던전에 들어가서 의뢰를 해결하고 싶은데 그럴 수가 없다. 던전에 진입하려면 또다시 160시간을 기다려야 하는 것이다.

'와, 답답해서 미치겠네!'

이 의뢰들을 해결하고 나면 무엇인가 새로운 길이 나타날 것이다. 오로지 추측이었지만 채빈은 나름 확신하고 있었다. 지금까지 마왕성이 보여준 모든 것이 그랬다. 하나의 단계를 돌파하고 나면 반드시 새로운 무엇인가를 전해줬다.

'일주일만 참자. 일주일은 금방이야!'

채빈은 성급해진 스스로를 달래며 의뢰소를 나섰다. 차라리 잘 된 일이라고 생각하기로 했다. 집 상황을 비롯해서 현실에도 처리해야 할 문제가 산재해 있으니까. 평일 동안은 마왕성의 일을 완전히 잊고 사는 편이 여러모로 좋으리라.

집으로 돌아온 채빈은 컴퓨터를 켜고 밤이 늦도록 재테크 정보를 알아보았다. 펀드에서부터 각종 예금과 적금, 그리고 주식에 토지까지 눈앞이 샛노래지도록 검색에 검색을 거듭했다.

'더는 못 찾겠다!'

자정이 될 무렵 채빈은 포기하고 뒤로 나자빠졌다. 무엇 하나 가슴에 확 와 닿는 정보가 없었다. 단시간 내에 집을 사버릴 수 있을 정도로 일확천금을 벌어들일 수 있는 방법은 현실 속에 단연코 하나도 없었다.

'다 필요없고 금덩이만 매주 꼬박꼬박 나와도 좋겠다. 아니면 마나라도 대폭 늘어났으면……. 소스 좀 왕창 만들어서 팔게.'

이부자리를 펴고 누워도 잠이 오질 않았다. 채빈은 복잡한 머리를 베개에 찧어대고 이리저리 굴러대다가 동이 틀 무렵이 되어서야 겨우 잠이 들었다.

다음날.

채빈은 운전면허 학원의 수업이 끝나자마자 부동산으로 전화를 걸었다. 업자는 금세 컬컬한 목소리로 전화를 받았다.

—여보세요.

"안녕하세요. 저 이채빈입니다."

—죄송하지만 누구시더라?

"복층원룸 구해주셨잖아요. 여기 주소가……."

—아아아, 세입자 행방불명된 거기 말이지? 그래, 기억이 났어요. 어디 불편한 데는 없나?

"네, 다 좋습니다."

—그래, 무슨 일로 전화했어요?

"음, 그게 사실은요……."

채빈은 목소리를 가다듬고 생각한 바를 이야기했다. 집이 너무 마음에 든다고. 서울에 올라와서 처음으로 구한 집이라 다른 곳으로 떠나기가 싫다고. 당장은 무리지만 언젠가 이 집을 통째로 사고 싶다는 마음을 솔직하게 이야기했다.

그런데…….

―하하하하하!

채빈의 이야기를 다 듣고 난 업자가 귀청이 떨어질 정도로 크게 웃음을 터뜨리고 있었다. 채빈은 인파속에 섞인 채 멍하니 서서 그 웃음이 그치기를 기다렸다.

―이거 봐요, 학생. 그 집이 얼마인 줄 알고 하는 얘기예요? 거기가 외곽이라고 해서 학생이 좀 얕잡아봤나 본데, 그래도 서울은 서울이야.

"그러니까 그냥 미리 여쭤보는 거라고 말씀드렸잖아요."

자존심이 상한 채빈이 목소리를 높여 말했다. 업자가 웃음 섞인 목소리로 대답했다.

"하하하, 나 이것 참. 기다려 봐요. 어디 보자……."

업자가 서류를 뒤적이는 기척이 전해져 왔다. 채빈은 입술을 깨물고 서서 업자의 대답을 기다렸다. 코앞 횡단보도의 녹색 신호가 적색으로 바뀌려는 찰나, 업자의 목소리가 귓가를 울렸다.

―14억 2,000천.

순간 채빈의 한쪽 무릎이 풀썩 꺾였다.

"어, 얼마라고요?"

―14억 2,000천. 주인이 그 가격에 내놨어. 노후한 건물이니까 거의 땅값이라 보면 돼요.

여전히 세상을 만만하게 봤던 것일까. 억 소리가 나올 거라고는 충분히 예상했지만 솔직히 14억을 넘어가는 초고액일 줄은 상상도 못했다.

업자의 말이 이어지고 있었다.

"학생, 괜한 생각하지 말구 거기서 열심히 저축해서 나와. 한 5천 정도만 저축해서 나오면 내가 깨끗하고 위치도 좋은 전세방 보여줄게. 그런 낡아빠진 건물 뭐가 좋다고 평생 살겠다는 말을 해요?"

마왕성을 모르니까 할 수 있는 얘기였다. 어찌됐건 자신을 생각해서 해주는 말이기도 했다. 채빈은 고분고분 업자의 말을 듣고 난 뒤 인사하고 전화를 끊었다.

"14억 2000천······."

채빈은 풀린 눈으로 금액을 되뇌며 느릿느릿 걸었다. 지금 기준으로 20년을 모아도 모자란 금액이다.

불현듯 눈앞이 어지러워 고개를 들었다.

크고 작은 수많은 사거리의 빌딩들이 한꺼번에 채빈의 시야 속으로 들이닥쳤다. 저 수많은 빌딩들의 주인은 누굴까.

도대체 무슨 수로 저렇게 으리으리한 빌딩들을 소유할 수 있게 된 걸까.

'어?'

무의식적으로 걷다 보니 어느새 재경의 가게 앞에 와 있었다.

이제 갓 문을 열었는지 가게는 손님 하나 없이 한산했다. 채빈은 터덜터덜 걸음을 옮겨 가게 안으로 들어갔다.

"어서 오세… 채빈이냐?"

세만이 보고 있던 신문을 내려놓고 고개를 들었다. 가게 안은 세만 혼자뿐이었다. 보글보글 끓기 시작한 떡볶이의 맛깔스런 향내가 조용한 실내를 아우르고 있었다.

"안녕하세요. 누나는요?"

"식자재 주문하러 갔다. 괜찮은 데를 알아냈다고."

채빈이 세만의 맞은편 의자를 빼고 앉았다. 얼굴에 드리워진 수심을 읽어내고 세만이 물었다.

"무슨 일 있었어?"

"세만이 형."

"어?"

"돈 왕창 벌 수 있는 방법 좀 알려주세요."

"뜬금없이 뭔 소리야?"

"형은 어쩐지 알 것 같다는 기분이 들어서요."

"그런 방법을 알면 내가 이러고 살겠냐?"

대답은 그렇게 하면서도 세만은 생각하는 눈치로 턱 밑을 긁어대고 있었다. 그런 끝에 신문지 한 부분의 기사를 가리키며 말했다.

"안 그래도 여기 괜찮은 돈벌이들이 나와 있네."

"뭔데요?"

"ATM 기계 앞에다가 지갑을 놓고 나가. 그럼 누군가 착한 인간이 지갑을 경찰서에 가져다 줄 거란 말이지. CCTV에는 그 인간이 지갑을 가지고 나가는 모습만 찍힐 것이고. 넌 돈이 왕창 들어 있었다고 구라 치고 민사소송을 걸어서 돈을 뜯어내는 거야."

"세만이 형. 저 농담할 기분 아니에요."

"아니면 대포차를 하나 준비해. 한 통화만 쓰자고 하고 길 가던 사람한테 폰을 빌리는 거야. 쓰는 척하다가 곧바로 차타고 튀어. 그 폰 가져다 팔면 꽤나 짭짤할 거야."

"아우, 됐어요. 말을 말지."

채빈이 머리를 벅벅 긁으며 일어섰다. 오뎅을 꺼내 먹는 채빈의 등 뒤에서 세만이 말을 이었다.

"세상에 쉬운 돈벌이가 어디 있어. 돈 벌려면 사업해야지. 그리고 솔직히 너, 지금도 돈벌이가 나쁜 건 아니잖아? 네가 떼어오는 그 소스 단가가 얼만지는 모르겠지만 제법 남기고 있는 거 아니야?"

"그래요."

채빈은 늘어뜨렸던 어깨를 펴고 오뎅을 힘차게 씹었다. 방금 세만이 한 말이 해답이었다. 마왕성을 개발시키다 보면 어떻게든 에나의 소스처럼 새로운 돈벌이 수단이 나타날 것이다.

마왕성이 있으니까 절망이라도 할 수 있었던 것이다. 다른 이들처럼 평범한 삶을 살아가고 있었다면 14억 2,000만 원이라는 엄청난 집값에 절망할 기회조차 없었을 것이다.

"어머, 채빈이 언제 왔어?"

식자재를 주문하고 돌아온 재경이 가방을 내리며 환하게 웃었다. 가게를 얻은 이후로 훨씬 밝아진 표정이 채빈에게도 여실히 느껴졌다.

"방금 왔어."

"밥 먹었어?"

채빈이 우물거리고 있던 오뎅을 들어보였다.

"먹고 있잖아."

"오뎅이 밥이니? 기다려, 찌개 끓여놨으니까 금방 밥 차려줄게."

"괜찮아, 누나. 신경 쓰지 마."

채빈의 말엔 아랑곳없이 재경이 앞치마를 둘러메고 주방

으로 들어갔다. 부산스럽게 식기를 다루는 소리와 재경의 휘파람 소리가 맞물려 귓가를 간질이기 시작했다.

채빈은 가벼운 한숨을 내쉬며 가게 앞을 바라보았다. 두 눈은 벌써부터 주말에 찾아갈 던전을 그리고 있었다.

의뢰소의 의뢰를 해결하기 전까진 더 이상 복잡하게 생각하지 말아야지. 그런 생각을 하면서 채빈은 자기 뺨을 한 차례 찰싹 때리고 재경을 도우러 주방으로 향했다.

제4장
칸체레 수도원

이계
마왕성

"놀이공원?"

채빈이 밥에 숟가락을 박다 말고 고개를 들었다. 주말을 맞아 재경의 가게로 소스를 전해주러 왔다가 함께 아침을 먹게 된 참이었다.

"그래, 이제 곧 5월이잖아. 날씨도 좋고 하니까 기분 전환도 할 겸 가자. 어때?"

재경이 의향을 물으며 채빈의 밥그릇에 큼지막한 계란말이 하나를 올려주었다. 채빈은 그저 입을 우물거릴 뿐이었다.

"어……. 난 안 가봐서 잘 모르겠는데."

채빈은 놀이공원에 가본 적이 한 번도 없었다. 그의 고향엔 놀이공원은커녕 오락실도 하나 없었다.

비단 그런 이유 뿐만도 아니었다.

부모를 잃고 더부살이로 지내면서 온갖 괄시와 핍박을 감당하는 일만도 못 견디게 힘들었다. 그런 상황에 무슨 수로 놀이공원 같은 델 놀러 다닐 수 있었겠는가.

"어째 영 내키지 않는 표정인데?"

재경이 고개를 모로 살짝 기울이며 뾰로통하게 입술을 내밀었다. 채빈은 의미도 없는 웃음을 흘리며 입안 가득 밥을 퍼 넣었다.

놀이기구를 타보고 싶은 마음이 전혀 없는 건 아니었다. 하지만 어쩐지 시시하게 느껴지는 것도 사실이었다. 아마도, 마왕성의 영향일 것이다. 마왕성을 알게 된 이후로 놀이동산만이 아닌 현실의 여러 부분에서 채빈은 흥미를 잃어가고 있었다.

"세만 씨 생각은 어때요?"

재경이 세만에게로 눈을 돌리고 물었다.

세만은 무릎 위에 놓은 휴대용 게임기로 시선을 떨어뜨린 채 어눌하게 대꾸하고 있었다.

"글쎄요. 으음, 어렵군요."

"어렵다니, 뭐가요?"

"으음……. 올바른 루트가 확실한데 어째서 마가타마가 안 나오는 걸까요. 이거 혹시 버그? 제기랄, 공략을 보는 건 자존심이 허락지 않는데."

재경의 양쪽 광대뼈가 실룩였다. 그녀는 치미는 화를 억누르며 게임에 흠뻑 빠져 있는 세만에게 재차 물었다.

"제 말 확실히 들으신 거예요?"

"네? 그럼요, 사장님… 분명히 들었죠. 놀이공원이라, 으음……. 놀이공원은 한두 군데가 아니죠. 서울만 하더라도 롯데월드에 서울랜드가 있죠……. 그리고 입장료 할인에 차이가 있고요……. 날씨에 따라서도 야외인 서울랜드로 갈 지, 아니면… 으음, 그것 참 생각할수록 어려운 문제인걸?"

"어렵긴 뭐가 어려운 문제예요? 밥 먹는 때까지 게임 좀 하지 마시라고요! 에잇!"

재경이 냅다 게임기를 빼앗아 들고는 전원을 꺼버렸다. 세만은 사색이 되더니 의자째 뒤로 벌러덩 넘어졌다.

"으악! 저장 안 했는데 꺼버리면 어떡합니까!"

"어차피 오늘도 밤새 하실 거면서 뭘 그래요?"

"끄으으……. 주말 아침부터 사장님의 암흑검에 맞아 흑화한다……! 크크큭!"

"제발 알아듣게 좀 말씀하세요!"

"잘 먹었습니다."

소란 속에서 밥그릇을 말끔히 비운 채빈이 입을 닦으며 일어섰다. 재경과 세만의 시선이 동시에 그에게로 쏠렸다.

"왜 벌써 일어서? 커피 한 잔 줄게."

"아니, 나 일 있어서 빨리 가봐야 돼."

"잠깐만! 놀이공원은 어떡할 거야? 안 갈래?"

"나중에 얘기해, 누나. 수고해. 세만이 형도 수고하세요."

채빈이 등 뒤로 손을 흔들어 보이고는 가게 밖으로 나가 금세 자취를 감췄다. 반동으로 흔들거리는 출입문을 보면서 재경이 한숨을 내쉬었다.

"뭐가 저렇게 바쁜지 참."

"사장님은 채빈이가 많이 신경 쓰이나 봐요?"

세만이 쓰러진 의자를 바로 세우며 물었다. 순간 재경이 조금은 얼빠진 듯한 얼굴로 돌아보았다.

"그래 보이세요?"

"조금요. 밥 먹을 때도 내내 반찬 챙겨주고 그러시잖아요."

"어머, 그런가?"

재경이 두 손바닥으로 제 뺨을 잡고 심각한 표정을 지었다. 세만이 기이하다는 눈길로 고개를 갸웃거렸다.

"그렇게 진지하게 반응할 얘기는 아니었던 것 같은데요."

"채빈이를 보기만 하면 동생 생각이 나서요. 혹시 기분이

나빴던 걸까요?"

"좋으면 좋았지, 기분 나쁠 게 뭐 있겠습니까."

"자기를 너무 애처럼 대한다고 생각했을지도 모르잖아요. 걱정되네."

"제가 사장님이라면 그런 것보다는 등 뒤에서 넘치고 있는 커피포트를 더 걱정할 것 같습니다만."

"꺄악! 내 정신 좀 봐!"

재경이 질겁해서 부랴부랴 넘치는 커피포트의 전원을 껐다.

세만은 남은 밥을 입에 퍼 넣고 우물거리며 채빈이 빠져나간 출입문 바깥을 바라보았다. 지난주와 똑같이 당장에라도 소낙비를 퍼부어댈 것처럼 잔뜩 흐린 날씨였다.

'시작해 볼까.'

집으로 돌아와 만반의 준비를 끝마친 채빈은 지하 창고를 통해 마왕성으로 이동했다.

던전 관리소로 들어선 채빈의 마음은 여느 때보다도 바싹 긴장한 상태였다. 일자노선으로 공략했던 종전과는 분위기가 달랐다.

오늘은 의뢰소에서 받은 두 의뢰에 따라 숨겨진 길을 발견하고 구울이라는 몬스터를 처치해야 한다. 3단봉을 쥔 손아귀가 땀으로 촉촉하게 젖어들고 있었다.

준비한 짐이 평소보다 많았다. 등에는 공작소에서 제작한 빅터 파우스트를 메고 있었고, 왼손에는 창고에서 가져온 삽을 들고 있었다. 파묻힌 선로를 발굴하라는 의뢰 내용에 따라 필요성을 느껴 준비한 도구였다.

품속에는 축령구를 통해 얻었던 마왕성 귀환 스크롤도 챙겨뒀다. 구울이 감당할 수 없을 정도로 강력하다면 언제라도 탈출할 수 있도록.

시작지점에서부터 한동안은 예전처럼 벽을 뚫어 코인을 획득하면서 걸었다. 그러다 광차가 나타나는 시점에서 채빈의 눈빛이 달라졌다.

'여기서부터 잘 살펴봐야 돼.'

채빈은 광차에 올라타서 무거운 삽과 빅터 파우스트를 내려놓았다. 오늘은 무작정 달려서는 안 되었다.

지금까지는 줄곧 같은 패턴이었다. 출구까지 광차를 달린 다음 한 자리에 괴물들을 모아 궤멸시켰다. 하지만 오늘은 전리품 획득이 다소 번거로워지더라도 서행하면서 선로 주위를 자세히 탐색해야 했다.

끼이이익.

광차가 평소 채빈의 걷는 정도의 속도로 나아가기 시작했다. 채빈은 광차의 꼬리에 서서 손잡이를 위아래로 움직이는 한편 선로를 꼼꼼하게 살폈다.

"크오오오오!"

느린 속도로 나아가는 광차와는 관계없이 좀비 괴물들이 곳곳에서 속출하고 있었다. 채빈은 그럴 때마다 광차를 멈추고 괴물을 처치해야 했다. 몹시 귀찮은 노릇이었지만 다른 수가 없었다.

'도대체 어디서 발굴하라는 거야.'

평소 같았으면 던전을 3번 이상을 공략하고도 남았을 시간이 지났다.

수확은 전혀 없었다. 아무리 두 눈을 부릅뜨고 살펴봐도 선로와 그 주위에서 특이점을 발견할 수가 없었다.

어느덧 광차는 전체의 절반 정도에 해당하는 협소한 암로로 접어들고 있었다. 개미굴처럼 구불구불 이어지는 암로 속으로 채빈을 태운 광차가 빨려들었다.

끼이익.

'아씨!'

급격히 틀어지는 길목에서 광차가 멈췄다.

얼마간 경사를 가진 오르막 지점이었다. 평소의 빠른 속도로 달렸다면 손쉽게 넘어갔겠지만 오늘은 워낙 서행이어서 막혀버렸다.

밀지 않고는 넘어갈 수가 없을 듯했다.

채빈은 광차에서 내려 두 손으로 광차를 직접 밀기 시작했다. 막상 밀어 보니 조종할 때와는 달랐다. 광차는 보통 육중한 게 아니었다.

"끄으으……!"

채빈이 이를 악물고 10년의 내공을 모조리 쥐어짰다. 광차가 녹슨 소리를 내면서 조금씩 앞으로 나아가고 있었다.

덜컥!

돌연 쇳소리와 함께 광차가 멈췄다.

더는 밀어도 광차가 나아가질 않았다. 바퀴 아랫부분 어딘가가 걸리기라도 한 것일까. 채빈은 낭패감 서린 눈으로 광차의 앞쪽을 살폈다.

"어? 이거 뭐지?"

선로의 오른쪽 벽면이 이상하리만치 튀는 느낌이었다.

채빈이 벽면에 얼굴을 바싹 들이밀었다. 벽면 전체의 색이 다른 곳과 확연히 달랐다. 급기야 채빈은 눈앞의 벽면이 코인이 숨겨진 장소와 같은 색을 띠고 있음을 깨달을 수 있었다.

'그렇다는 건 이 벽도?!'

거기까지 생각하자마자 채빈은 광차에 놓아두었던 삽을 치켜들었다. 그리고는 벽 한가운데로 삽의 머리를 힘차게 내질렀다.

쾅!

와르르르……!

"찾았다!"

무너지는 잔해들 앞에서 채빈이 삽을 붕붕 휘두르며 소리 쳤다. 숨겨진 길이 이쪽이라는 건 선로도 이쪽으로 연결되어 있다는 뜻일 터.

바닥에 쌓인 잔해들을 삽 끝으로 긁어내자 역시 예상대로 였다. 본래의 선로에서 분리되어 뻗은 선로가 구멍 너머로 이어지고 있었다.

채빈은 삽을 광차에 내려놓고 빅터 파우스트와 3단봉만을 챙겨 생겨난 구멍 안으로 들어섰다. 처음 가보는 새로운 길이 어둠에 반쯤 가려진 채 눈앞에 펼쳐져 있었다.

'더럽게 어둡네.'

스무 걸음 정도를 걸어가고 나자 코앞을 식별하기가 어려울 정도로 주위가 어두워졌다. 이미 한참 뒤로 밀려난 구멍으로부터 들어오는 빛은 의지할 수 없을 정도로 미미했다.

일단은 돌아가서 랜턴이라도 챙겨오는 것이 좋을까. 고민하면서 채빈은 몇 걸음을 더 내딛었다. 그 와중에 무엇인가 둔탁한 것에 다리가 걸려 앞으로 넘어졌다.

"우와앗!"

채빈이 허우적거리며 본능적으로 손을 뻗었다.

마침 잡히는 물체가 있어 붙들고 가까스로 중심을 바로잡

왔다. 그런데, 잡고 보니 광차가 아닌가.

'광차네?!'

놀랍고도 반가웠다. 숨겨진 광차를 이렇게 빨리 찾아낼 줄은 몰랐다. 광차 찾기 의뢰 하나는 벌써 해결한 셈이었다.

채빈은 광차 위에 올라타서 이곳저곳을 손끝으로 더듬어 보았다. 어슴푸레 전해져 오는 빛에 의지해 한참을 보고 있으려니 조금씩 생김새가 눈에 들어왔다. 기존의 광차와 똑같은 형태였다.

끼이이익.

채빈의 손이 이끌리듯 손잡이로 가 광차를 조종하고 있었다. 막상 광차에 올라타고 나니 얼마간 안심이 되었던 것이다. 조금만 더 들어가 보고 나서 랜턴을 가져올지 결정해도 되겠다는 생각이 들었다.

옳은 선택이라는 건 금세 증명되었다. 광차로 얼마 가지도 않아 주위가 밝아지고 있었다. 벽 곳곳에 붙어 빛을 뿜고 있는 광석들 덕분이었다. 채빈은 용기백배하여 힘차게 광차를 달리기 시작했다.

얼마나 광차를 달렸을까.

막다른 길목을 만났다.

채빈은 광차를 세우고 내려섰다.

'이게 뭐야?

채빈이 침을 꿀꺽 삼키며 눈앞을 바라보았다.

눈앞을 가로막고 있는 것은 강철로 만들어진 잿빛의 거대한 악마 얼굴이었다. 마왕성의 동상처럼 머리에 양 갈래로 돋아난 뿔이 인상적이었다.

악마는 귀밑까지 입을 크게 벌리고 있었다. 벌린 입안은 채빈이 들어갈 수 있을 정도로 넓었다.

'승강기구나!'

입안 공간 구석의 레버를 보고 채빈은 눈치를 챘다. 의뢰 내용과 눈앞의 악마 얼굴이 하나로 겹쳐졌다. 이 승강기를 타고 지하로 내려가면 구울이 기다리고 있을 것이다.

채빈은 바싹 마른 입술을 혀끝으로 적시며 스스로 용기를 북돋웠다.

구울이라고 해봤자 별 1개짜리 시시한 던전의 몬스터일 뿐이다. 충분히 열심히 수련해 왔다. 빅터 파우스트라는 강력한 무기도 있다. 여차하면 언제든지 도망칠 수 있는 마왕성 귀환 스크롤도 있다.

채빈은 마음을 추스르고 악마의 입속으로 몸을 들이밀었다. 음산한 어둠 속에서 잠시 망설인 끝에, 결연한 표정으로 레버를 잡고 힘껏 당겼다.

끼이이이익……!

승강기가 한 차례 무겁게 몸을 흔들었다.

쇠사슬이 풀리는 듯한 금속음과 함께 승강기가 아래로 내려가기 시작했다.

'아, 좆나 무섭네!'

채빈이 벽에 등을 기대고 서서 숨을 헐떡였다.

막상 하강하는 승강기에 몸을 싣고 보니 느낌이 천지차이였다.

감당하기 버거울 정도로 무거운 공포가 엄습해 왔다. 다시는 돌아올 수 없는 지옥으로 몸을 던지고 있는 듯한 기분. 채빈은 품 안으로 손을 넣어 몇 번이나 마왕성 귀환 스크롤이 제 자리에 있는지 확인했다.

승강기는 거의 10여 분이나 계속 하강하면서 채빈을 벌벌 떨게 만들었다. 아랫배가 근질근질 오줌이 나올 것 같은 지경이 되어서야 승강기는 비로소 멈춰 섰다.

'헉!'

승강기 밖을 본 채빈이 두 눈을 치켜뜨고 자기 입을 틀어막았다.

50평 내외의 지하 공간이었다. 어슴푸레 보이는 공간의 한가운데에 코끼리처럼 거대한 녹색의 덩어리가 놓여 있었다. 마치 살아 숨을 쉬는 것처럼 몸 전체를 들썩이고 있었다.

'구울이다!'

어둠에 눈이 익으면서 확실히 보였다.

녹색의 덩어리는 괴물 구울이었다.

구울은 채빈 쪽으로 등을 보이고 모로 누워 잠을 자고 있었다. 이제까지 싸워 왔던 좀비들의 거대한 형태라고 할 수 있는 몬스터였다.

'내가 먼저 씨를 말려주지……!'

채빈은 조심스런 손길로 등에 메고 있던 빅터 파우스트를 내렸다. 이 몸이 찾아왔는데 세상 모르고 잠이나 퍼질러 자고 있다니. 꿈속에서 영원히 헤어나지 못하도록 만들어주겠다.

채빈이 한쪽 무릎을 굽히고 앉아 빅터 파우스트를 구울에게 겨눴다. 추가로 매직 타깃 마법까지 시전해 구울의 뒤통수를 세부적으로 조준했다.

한 치의 흐트러짐도 없이 겨냥한 직후.

채빈은 오른손으로 빅터 파우스트 후면의 버튼을 힘껏 눌렀다.

'발사!'

퍼어어어어엉!

굉음과 함께 압축된 마나가 폭발했다.

빛을 흩뿌리며 쏘아져 나간 마나파동포가 매직 타깃을 따라 구울의 뒤통수를 정확히 강타했다.

콰아아앙!

"캬아아아아아아!"

구울이 돼지 멱을 비트는 듯한 기괴한 비명을 뽑아내며 펄쩍 뛰어올랐다. 두 손으로 감싼 후두부에서 녹색 핏물이 왈칵 솟구치고 있었다.

'뭐가 저렇게 단단해!'

수박처럼 대갈통이 으깨질 줄 알았다. 그런데 고작 피를 터뜨리며 방방 날뛰는 정도로 그친 것이다. 채빈은 빅터 파우스트를 겨냥한 자세를 풀지 않고 재차 매직 타깃을 시전했다.

이번 표적은 심장이었다.

퍼어어어어엉!

"씨발!"

직선으로 쏘아져 나간 마나파동포가 구울을 맞추지 못하고 애꿎은 벽에 처박혔다.

조준은 정확했지만 구울의 회피가 한 발 더 빨랐다. 구울이 뒤통수를 감싼 채 채빈을 노려보고 있었다. 반쯤 튀어나온 눈알 밑으로 시신경이 끔찍하게 드러나 있었다.

"으헉!"

두려움으로 이성이 마비되었다.

채빈은 허겁지겁 돌아서서 승강기의 레버를 잡아당겼다.

"뭐야? 왜 안 돼!"

채빈의 얼굴이 똥빛으로 물들었다.

레버를 당겼는데 승강기가 꿈쩍도 하지 않았다. 정신 나간 사람처럼 몇 번이고 레버를 당겼지만 승강기는 단 1㎝조차도 움직여주지 않고 있었다.

"크아아아아!"

구울이 사족보행의 날짐승처럼 두 팔과 다리로 달려왔다. 채빈이 승강기 구석에 몸을 웅크리고 팔을 들어 눈앞을 가렸다. 그 앞으로 구울이 몸을 던졌다.

콰아아앙!

구울과 승강기가 맞부딪쳤다.

강력한 진동으로 채빈이 뒤통수를 벽에 부딪쳤다가 앞으로 고꾸라졌다.

"크으……!"

채빈이 팔을 살짝 내리고 눈앞을 확인했다.

비대한 구울의 몸뚱이가 승강기 안으로 들어오지 못하고 있었다. 입에서 누런 타액을 질질 흘려대며 탐욕스런 눈빛으로 채빈을 노려보고 있었다.

"우와앗!"

구울이 느닷없이 한 팔을 승강기 안으로 불쑥 밀어 넣었다. 거대한 손아귀가 채빈의 몸을 움켜잡기 일보직전이었다.

"저리 꺼져!"

채빈이 3단봉을 흔들어 폈다. 그 즉시 내공을 싣고 눈앞을 세차게 베었다. 반사적으로 그려낸 궤적은 가장 열심히 수련했던 삼재검법의 9초식 청룡탐조를 펼치고 있었다.

찌이이익!

"캬아아아악!"

구울의 팔꿈치 살갗이 길게 찢어졌다.

녹색 핏물이 왈칵 터져 나와 승강기의 벽면을 적셨다.

구울은 상처 입은 팔을 도로 빼고는 승강기 문 밖에서 날뛰며 비명을 질러댔다. 구울의 괴로워하는 모습을 본 채빈의 가슴 안에서 제대로 싸워 볼 용기가 샘솟았다.

'쫄 거 없어! 덩치 크고 맷집만 좀 있을 뿐이야! 위에 있는 새끼들처럼 그냥 까버리면 돼!'

채빈이 3단봉을 두 손으로 치켜들며 승강기 밖으로 뛰쳐나갔다. 기절할 정도로 열심히 수련했던 삼재검법의 초식들이 거대한 몬스터 앞에서 펼쳐지기 시작했다.

"5초식! 회두망월!"

"캬아아아아아아아아악!"

"6초식! 한망충소!"

"케헤헤헤헤헥! 크이이이이이이이익!"

3단봉이 눈앞을 가를 때마다 구울이 몸을 뒤틀며 녹색 핏물과 절규를 뿜어냈다. 채빈은 허우적거리는 구울의 주위를 빙빙 돌며 부위를 구분하지 않고 마구 베었다.

"캬오오오오오오오오오오!"

양쪽 다리를 한꺼번에 벤 순간이었다.

 구울이 더는 버틸 수가 없는지 한 손으로 땅을 짚고는 동체를 바싹 기울였다. 그런 상태로도 남은 한 손을 채빈에게 내지르려 하고 있었다.

 '허점 발견.'

 채빈은 시야 속으로 커져오는 구울의 손에 맞서 다음 초식의 자세를 갖추고 있었다. 삼재검법 7초식, 이산도해였다.

 타다다닷!

 채빈이 번개처럼 왼발을 내딛었다.

 미간까지 치달아 오던 구울의 손이 관자놀이 옆으로 흘러나갔다.

 그와 동시에 허공으로 솟구친 3단봉이 먹이를 낚아채는 독수리처럼 매섭게 내리꽂혔다.

 쉬이이익!

 "갸하하하학!"

 폭발하는 비명.

 작렬하는 반격기.

 아드레날린이 들끓는 쾌감.

 채빈이 짜릿함으로 몸을 떨며 바닥을 박찼다. 비틀거리는 구울의 다리 사이를 통과해 단숨에 배후를 잡으며 그가 소리쳤다.

"죽어라! 이 괴물아!"

더는 초식을 골라 구사할 필요가 없었다.

채빈은 완전히 약점이 노출된 구울의 몸을 어디랄 것도 없이 마구 베고 찌르기 시작했다.

쉬이익! 푸욱! 쉭! 푸욱! 쉬이익!

"캬아아아! 커어어어어!"

구울이 피를 튕기며 선 끊어진 마리오네트 인형처럼 춤을 추었다. 채빈은 녹색 핏물을 흠뻑 뒤집어쓰면서도 3단봉을 휘두르는 두 팔을 결코 멈추지 않았다. 오로지 베고 또 베었다.

"쓰러져! 이제 그만 돼지라고!"

"캬아아아아악!"

구울은 전신을 난도질당하면서 실로 엄청난 양의 핏물을 쏟아내고 있었다. 핏물이 고인 바닥이 진흙탕처럼 질퍽해진 상태였다. 그런데도 아직 쓰러지지 않고 있는 것이다.

"허억! 헉! 헉! 씨발, 좆나 힘들어!"

10년 내공이 바닥을 드러내고 있었다. 이러다간 구울 때문이 아니라 지쳐서 죽게 될 것 같았다.

채빈은 도저히 안 되겠다 싶어 3단봉을 거두고 승강기 쪽으로 뛰어갔다. 그곳에 빅터 파우스트가 있었다. 채빈은 빅터 파우스트로 구울을 겨누자마자 매직 타깃도 생략하고 즉각 발포했다.

퍼어어어어엉!

마나파동포가 구울의 등짝을 강타했다.

구울이 비틀비틀 고꾸라지려 하고 있었다. 채빈은 자비심 없이 연달아 마나파동포를 날렸다.

퍼어어엉! 퍼엉! 퍼어엉!

"그르르르르……!"

3번 연속으로 포격을 당한 구울이 가래 끓는 듯한 신음과 누런 타액을 함께 흘리고 있었다.

비로소 침몰의 기미가 보였다.

채빈이 구울의 앞으로 가 섰다. 썩어 문드러진 구울의 가슴이 눈앞에 있었다.

채빈은 몸을 숙이고 왼쪽 무릎을 땅에 붙였다.

바로 다음 순간.

손에 쥔 3단봉이 빛의 속도로 뻗어나갔다.

'12초식 백사토신!'

푸우우욱!

직선으로 쏘아져 나간 3단봉 끝이 심장을 꿰뚫었다.

구울이 비명조차 지르지 못하고 몸을 굳혔다. 이윽고 채빈은 매몰차게 3단봉을 뽑아냈다. 뻥 뚫린 구멍에서 왈칵 쏟아져 나오는 핏물이 채빈의 얼굴을 흠뻑 적셨다.

쿠우우우웅!

자신이 흘린 피바다 속으로 구울의 육중한 몸이 가라앉았다. 그리고는 더 이상 움직이지 않았다.

채빈은 3단봉을 접어 주머니에 넣고 셔츠를 치켜 올려 피 묻은 얼굴을 쓱쓱 문질러 닦았다. 입가에 진한 미소가 피어나고 있었다.

'이겼다! 내가 보스를 잡았어!'

가쁜 숨을 몰아쉬면서도 채빈은 웃었다.

도망치지 않고 용기를 내서 싸운 끝에 승리했다. 태어나서 처음 만끽하는 형용하기도 어려운 성취감이었다. 심장이 터질 것처럼 날뛰고 있었다.

채빈은 호흡이 진정될 때까지 한동안 그곳에서 쉬었다. 그런 다음 구울의 시체를 샅샅이 수색했다. 하지만 덩치가 이토록 큰데 이 잡듯이 뒤져도 코인 한 닢 나오지 않았다.

채빈이 포기하고 굽혔던 허리를 폈다. 그때 처음으로 보았다. 이제껏 경황이 없어 보지 못했던 레버가 공간 깊숙한 곳의 벽면에 돋아나 있었다.

승강기와 관련된 장치가 분명했다. 볼일이 전부 끝난 채빈은 그리로 다가가서 레버를 당겼다.

끼이이이익!

레버를 당기자마자 승강기의 쇠사슬이 감기는 소리가 들

려왔다. 채빈이 다급히 몸을 던져 넣은 것과 거의 동시에 승강기가 상승하기 시작했다. 채빈은 내려갈 때와 달리 편안한 마음으로 올라가는 승강기에 몸을 맡겼다.

승강기에서 내린 채빈은 온 길을 되짚어 구멍을 빠져나갔다. 그리고 종전에 했던 대로 던전의 나머지 공략을 마친 다음 보상 공간으로 들어섰다.

'오늘도 비어 있을 확률이 80% 이상······.'

최근 들어 계속된 낭패를 겪은 터였다.

채빈은 별 기대 없이 상자를 열었다.

그러자 이게 웬일인가. 구울을 처치한 상이라도 주겠다는 건지 큼지막한 금덩이가 떡하니 자리를 꿰차고 있었다.

'이건 300만 원 정도 하겠는데?'

지금까지 획득했던 그 어떤 금덩이들보다도 큼직했다. 채빈은 기꺼운 마음으로 금덩이를 챙겨 넣고 마왕성으로 귀환했다.

'우선 의뢰소 결과부터 확인해야지.'

채빈은 마왕성의 책상에 획득한 코인을 쏟아부어놓고 의뢰소로 갔다. 탁자 위의 지도로 손을 뻗자 독트로스 광산 던전의 의뢰 목록이 허공에 떠올랐다.

〈독트로스 광산〉

A. 잊혀진 광차
―공략에 성공했습니다.

B. 무저갱의 구울
―공략에 성공했습니다.

간결하고 정확한 메시지.

채빈은 안도와 기쁨으로 짧은 숨을 토해냈다. 다시 숨을 들이마시며 고개를 들었을 때, 옆에 놓인 철제 상자의 겉면이 빛나고 있음을 느낄 수 있었다.

'아, 이게 의뢰 공략 보상 상자구나!'

의뢰를 해결하고 보상이 주어졌기 때문에 상자가 빛을 내고 있는 것이리라.

의뢰의 설명에 나온 대로라면 총합 270코인과 장비 레시피 하나가 들어 있을 터였다. 채빈은 몸을 굽히고 앉아 큼지막한 상자의 뚜껑을 힘껏 열어젖혔다.

"와우!"

예상대로 상자 안에는 수북하게 코인이 쌓여 있었다. 그 한가운데에는 원형 금속판 모양의 레시피 하나가 반쯤 파묻혀 있었다. 금속판 표면에는 '풍요의 반지'라는 글귀가 음각되어 있었다.

'어디다 쓰는 거지.'

명칭만으로는 알 수 있는 게 없었다.

채빈은 공작소로 찾아가서 제단 위에 풍요의 반지 레시피를 올리고 레버를 당겼다.

[풍요의 반지]

종류:장신구 　　　　　　　　　등급:B등급

착용제한:없음

부가효과:던전에서 획득할 수 있는 코인의 양이 기본에서 15~25% 추가 상승한다.

제작비용:145코인

'와, 세상에 이런 아이템도 있는 거야?!'

가뜩이나 부족한 코인에 목말라하던 채빈으로서는 격하게 반가운 레시피였다. 앞뒤를 막론하고 당장 제작해야 할 물품이었다. 145코인의 제작비용이 아까울 리 없었다.

부랴부랴 145코인을 투입구에 집어넣고 제작 레버를 잡아당겼다. 제단이 빛에 휘감기면서 진동을 일으켰다. 잠시 후, 사각광판 위로 안내문이 떠오르고 있었다.

―제작에 성공했습니다.

채빈은 발끝으로 서서 제단 위를 더듬어 풍요의 반지를 집어 내렸다. 단단한 금속으로 만들어진 황금빛의 작은 반지였다. 하나씩 껴 보니 둘째 손가락에 딱 맞게 들어갔다.

'이것만 끼고 던전에 들어가면 풍요 크리가 터진다는 거지? 이제 순식간에 왕창 모으는 거야! 코인에 파묻혀 헤엄치게 되는 거야!'

구울과 일전을 벌이고 얻은 피로가 말끔히 가시는 듯했다.

채빈은 지체없이 3단봉을 챙겨 들고 던전 관리소로 향했다. 이제는 동부 지저성의 의뢰를 해결할 차례였다.

동부 지저성 던전의 의뢰는 구울을 처치하는 의뢰와 비교하기도 우스울 정도로 쉬웠다. 야차의 무기를 빼앗아 야차를 쳐부수는 것이 의뢰 내용의 전부였다.

콰아앙! 쾅! 쾅!

채빈은 호흡 한 번 흐트러뜨리지 않고 야차들을 공략했다. 애당초 느린 재생화면을 보는 듯한 야차들의 움직임을 상대로 어려울 것도 없었다.

공략은 삽시간에 끝을 맺었다.

채빈은 희희낙락한 얼굴로 야차들의 시체에서 코인을 챙

졌다. 풍요의 반지를 착용한 효과 덕분일까. 확실하게 획득한 코인의 양이 불어났음을 느낄 수 있었다.

마왕성으로 돌아와서는 똑같은 수순을 밟았다.

의뢰소로 가서 의뢰가 해결됐음을 확인하고 상자를 열어 보상을 획득했다. 의뢰내용에 적혀 있던 대로 120코인과 축령구가 나왔다.

'이번에는 뭐가 나올까.'

축령구를 집어 드는데 가슴이 두근거렸다. 뭐라도 좋으니 꽝만 아니기를.

채빈은 머리 위의 허공 높이 14면체의 붉은 주사위를 던졌다. 떨어진 축령구가 지면 위를 구르다가 발치에서 멈춰 섰다.

파삭!

축령구가 빛의 점멸과 함께 부스러지더니 회색빛의 코인 한 닢을 지면 위에 남겼다.

'빌어먹을, 기껏 보상이라는 게 코인인가.'

채빈은 실망이 역력한 얼굴로 코인을 집었다. 그리고 코인의 표면을 본 순간 할 말을 잃고 말았다.

'테스타코인?!'

무려 200짜리의 코인이었다. 1짜리 에릴코인이나 3짜리 젤마코인과는 단위 자체가 다른 코인이 아닌가! 채빈은 신주 단지 모시듯 코인을 두 손으로 받들고 감개무량하여 오금을 와들와들 떨고 있었다.

'649코인!'

오늘 하루 획득한 코인의 총합은 여느 때보다도 압도적이었다. 3개의 의뢰를 해결한 데다 풍요의 반지 추가효과, 그리고 축령구를 통해 나온 테스타코인까지 여러 부분에서 일궈낸 성과였다.

'코인을 모았으니 개발부터 땡겨야겠지.'

개발가능 목록에 Lv.4 마왕성과 비활성화 정령계약소가 남아 있을 것이었다. 일단 90코인짜리 정령계약소라도 개발해둘 생각으로 채빈은 걸음을 서둘렀다.

'어?'

마왕 동상의 개발가능 목록을 띄웠을 때였다. 마왕성과 정령계약소 이외에 또 하나의 항목이 가장 밑줄에 새롭게 추가되어 있었다.

C. 던전 관리소 (Lu.2→Lu.3)
—설명:로쿨룸 대륙에 새로운 던전이 개방된다.
—소요시간:4분
—요구조건:11ㅁ코인

채빈은 책상에 턱을 괸 채 입을 벌리고 말풍선을 바라보았다. 막연히 추측해 왔던 것들이 머릿속에서 얼마간 정리되고 있었다.

확실히, 마왕성의 개발 구조는 서로 유기적인 연결을 취하고 있는 듯했다. 즉, 다음의 개발을 위해서 반드시 거쳐야 할 과제가 매 단계에 걸쳐 나타난다는 것.

그 점에 있어서는 던전 관리소 역시 다르지 않은 것 같았다. 의뢰소를 통해 주어진 의뢰를 모두 해결하고 난 이 시점에 개발항목이 떴다. 던전이 해금되는 조건이 의뢰소와 연계되어 있다고 볼 수밖에 없었다.

어느 사이에 채빈은 홀린 사람처럼 동상에 코인을 집어넣고 있었다. 던전 관리소에 이어 정령계약소 개발비용까지 200코인이 순식간에 동상의 뱃속으로 들어갔다.

총14분의 소요시간이 너무 길게 느껴졌다.

집으로 돌아와 기다리는 내내 채빈은 손가락을 깨물고 있었다. 새로운 던전에서 나올 보상에 대한 기대감과 난이도에 대한 걱정으로 도무지 진정이 되지 않았다.

'됐다!'

14분이 지나자마자 채빈은 스프링처럼 튀어나갔다. 층계참을 한달음에 뛰어내려 지하 창고를 통과해 마왕성으로 이동했다.

새로운 구조물이 마왕성의 측면에 자리하고 있었다. 오각뿔 형태의 작은 연보라색 구조물이었다. 정면에 난 입구 위로 문패가 달려 있었다.

정령계약소(Lu.1)

채빈은 문패를 힐끗 확인만 하고는 정령계약소를 지나쳐 던전 관리소로 향했다. 로쿨룸 대륙에 생겨났을 새로운 던전이 무엇인지부터 확인하고 싶었다.
'아, 생겨났다!'
북서쪽 외곽에 위치한 지점 하나가 푸르스름한 빛으로 활성화가 되었음을 알리고 있었다. 채빈은 이끌리듯 그리로 손을 뻗었다. 손이 닿자마자 빛이 솟아오르면서 말풍선이 만들어졌다.

〈칸체레 수도원〉
─지역:폐허
─유형:혼합 던전
─진입조건:640시간 간격으로 재진입가능
─난이도:☆(1구역), ☆☆(2구역), ☆☆☆(3구역)
─획득가능 보상:젤마코인, 도른코인, 2서클 마나의 정수,

3서클 마나의 정수, 2서클 마법서적 전반, 장비 레시피
 —몬스터 정보:구울, 고블린, 리자드맨, 레모라
 —추가정보:없음
 —공략횟수:없음
 —진입하려면 접촉하여 마법진을 활성화하십시오.

'으으음……. 이건 뭐지?'
 항목의 여러 부분이 지금까지 공략한 던전들과는 색달랐다. 재진입주기가 무려 640시간이라는 것부터가 채빈을 할 말 없게 만들었다.
 이해되지 않는 부분이 너무 많았다. 혼합 던전이라는 유형이 뜻하는 바를 알 수가 없었다.
 채빈은 비교를 위해 독트로스 광산과 동부 지저성 던전 항목을 순차적으로 띄워보았다. 두 던전 모두 유형이 무한 던전이었다. 순간 채빈은 깨달았다. 아직 자신은 혼합 던전은커녕 무한 던전의 의미도 모르고 있다는 것을.
 '일단 넘어가고… 난이도는…….'
 유형 다음으로 이어지는 난이도 항목도 가볍게 지나칠 수가 없었다.
 얼마나 넓은 던전이기에 구역이 3개로 구분이 되어 있는 것일까. 게다가 난이도도 3구역에 이르러서는 무려 별이 3개였다. 얼마나 강한 몬스터가 기다리고 있을지 감조차 잡히질 않았다.

끝으로, 채빈은 시선을 떨어뜨려 몬스터 정보 항목으로 향했다. '없음'으로만 표기되었던 지금까지와는 달리 4종의 몬스터 정보를 설명해주고 있었다. 이중 싸워본 경험이 있는 몬스터는 구울뿐이었고 나머지는 생소했다.

'아, 의뢰소로 가보자!'

의뢰 내용을 확인하면 던전에 대해 조금이라도 더 감을 잡을 수 있을 것이다. 채빈은 벌떡 일어나 의뢰소로 향했다.

그러나 기대는 빗나갔다. 의뢰소에서의 칸체레 수도원은 비활성화 상태였다. 채빈은 몇 번이나 애꿎은 검은색 지점을 눌러보다가 이죽거리며 돌아나올 수밖에 없었다.

'일단 적어도 한 번은 공략을 해봐야 하는 건가.'

채빈은 안주머니에 손을 넣어 마왕성 귀환 스크롤을 매만졌다. 이것이 있으니 한 번은 위험에 빠져도 안전하게 돌아올 수 있을 것이다.

마음을 정한 채빈은 부랴부랴 빅터 파우스트와 3단봉을 챙겨서 칸체레 수도원으로 가는 입구를 열었다. 이동 마법진이 활성화되면서 빛을 뿜어낼 때 살며시 망설여졌지만, 이내 눈을 질끈 감고 뛰어들었다.

쏴아아아아……!

 이동하자마자 가장 먼저 느껴진 것은 온몸을 훑듯이 지나가는 스산한 바람이었다. 팔뚝에 닭살이 돋을 만큼 바람에 냉기가 어려 있었다.

 '안 보여!'

 시작부터 암담했다.

 언제나 그랬듯이 시야 정도는 확보할 수 있을 거라고 생각했는데 아무 것도 보이는 것이 없었다. 앞을 향해도 뒤로 돌아도 고개를 숙여도 천장을 봐도 오로지 칠흑 같은 어둠이었다.

 '어떡하지.'

 이대로 돌아가기는 억울했다. 그 무엇도 해보기 전에 마왕성 귀환 스크롤을 날려버리고 싶진 않았다. 재진입주기도 무려 640시간이나 된다. 다시 이곳에 들어오려면 1개월 가까이 기다려야만 하는 것이다.

 '조금만 가보자. 갑자기 뭐가 튀어나오지는 않겠지. 1구역은 별도 1개라고 했으니까 크게 문제가 생기지는 않을 거야.'

 채빈은 양팔을 좌우로 넓게 벌려 보기도 하고, 바닥을 발로 탁탁 쳐 보기도 하면서 공간의 안정성을 시험했다. 그런 다음 손을 앞으로 뻗어 더듬거리며 천천히 나아가기 시작했다.

'어이쿠!'

바닥이 고르지 않아서 발이 걸릴 때마다 몸의 균형이 흔들렸다. 뻗은 손바닥에 닿는 것은 축축한 암벽이었다. 단순한 물인지 아니면 다른 액체인지 알 수가 없었기에 채빈은 기분이 으스스했다.

채빈은 조심조심 폭이 좁은 길을 계속 걸었다.

대체적으로 일직선의 길이라는 느낌이 몸으로 전해져 왔다. 여전히 보이는 건 없었지만 나아가는 속도는 점차 빨라졌다.

10여 분을 그렇게 가다 보니 어슴푸레 암벽의 형태가 보이기 시작했다. 덩달아 길의 폭이 빠르게 넓어지고 있었다. 채빈은 벽면을 타고 흐르는 액체가 단순한 물이라는 것을 확인하고 비로소 얼마간 안도했다.

"어?!"

빛이 확연히 강해졌다고 느껴진 순간 갑자기 아주 넓은 장소가 나타났다.

채빈이 뒤를 돌아보았다. 지나쳐 온 폭이 좁은 길의 입구가 등 뒤에 시커멓게 도사리고 있었다.

'바다다!'

채빈이 발끝을 치는 파도의 끝자락을 피해 뒤로 한 걸음 물러섰다. 눈으로는 주위를 연신 두리번거리고 있었다.

그곳은 드넓은 동굴의 한가운데였다. 반사되는 빛으로 사방이 온통 푸르렀다.

'해식동굴이구나.'

학교에서 공부한 적이 있었다.

파도의 힘으로 생겨난 절벽 밑에 구멍이 뚫리면서 만들어진 해식동굴이었다. 해식동굴의 특징답게 저만치 아득한 전방에 보이는 입구보다 채빈이 서 있는 내부가 훨씬 넓었다.

채빈은 한동안 꿈을 꾸는 듯한 눈초리로 아름다운 동굴 내부를 둘러보았다. 어느 순간 신발이 축축해지는 걸 느끼고 나서야 퍼뜩 정신을 차렸다.

'이제 뭘 어쩌라는 거지?'

바다에 뛰어들지 않고는 나아갈 길이 보이질 않았다. 그리고 당연히 맨몸으로 바다에 뛰어들 수는 없는 노릇이었다.

채빈은 수영과 친하지 않았다.

물을 크게 무서워하지는 않았지만 배운 경험이 없었다. 개나 소나 다 한다는 개헤엄조차도 제대로 칠 줄을 몰랐다.

'황당하네. 이게 무슨 수도원이야?'

생각해 보니 어처구니가 없었다.

수도원이라는 던전 이름 때문에 중세의 분위기가 물씬 감도는 석조 건물 따위를 예상하고 있었다.

난데없이 바다와 면하고 있는 해식동굴이라니. 설마 신화의 용궁처럼 바다 밑바닥에 수도원이 있다는 건 아니겠지.

채빈은 파도가 닿지 않는 암벽의 한 구석에 우두커니 앉았다. 그런 채로 무엇인가 변화가 오기를 기다렸다.

시간이 흐르고 있었다.

철썩철썩 쳐 오는 파도 소리가 잊고 있던 허기를 뱃속으로 끌어들였다. 던전 2개를 돌파하고 난 상황이기에 배가 무척 고팠다.

'어떻게 돌아가지.'

돌아가는 방법도 문제였다.

시작지점으로 돌아가 봤자 출구는 없을 것이었다. 결국은 마왕성 귀환 스크롤을 쓸 수밖에 없는 것인가. 그런 생각을 하자 돌연 채빈은 입맛이 썼다.

슬슬 다리가 저려왔다. 채빈이 꼬았던 다리를 풀고 허벅지를 툭툭 두드리며 일어섰다. 어쩔 수 없다는 생각에 손이 안주머니의 스크롤로 향하고 있었다.

바로 그때였다.

불현듯 채빈은 사방이 어두워지는 것을 느꼈다. 저만치 수면 너머의 입구를 통해 들어오는 것 외에 빛은 없었다. 그렇다면?

채빈은 휙 돌아서서 시선을 던졌다.

"뭐, 뭐야?!"

나룻배 한 척이 들어오고 있었다.

사공도 노도 없었다. 낡은 잿빛의 나룻배는 홀로 유유히 수면을 가르며 채빈이 서 있는 해안가로 다가오는 중이었다.

채빈은 딱히 몸을 움츠리거나 피하지 않았다.

어쩐지 알 수 있을 것 같은 기분이었다. 나룻배는 조금도 위협적이지 않았다. 텅 빈 자신의 몸에 올라타라고 속삭이고 있는 듯했다.

나룻배가 지척에서 잠시 멈췄다. 그러더니 느릿느릿 뱃머리를 돌려 해안가를 따라 천천히 우회하기 시작했다.

채빈은 정신이 번쩍 들었다. 나룻배는 기다려 줄 생각이 없는 것이다.

올라타야 하는지 이대로 스크롤을 찢어 마왕성으로 돌아가야 하는지 지금 당장 결정해야 한다. 채빈은 고민에 휩싸였다. 물에 대한 공포심도 그의 이러한 고민에 단단히 한몫을 하고 있었다.

'젠장!'

그러나 결국 채빈은 뛰어가 나룻배 위에 올라탔다. 시작 단계에서부터 지레 겁을 먹는 스스로를 용납할 수가 없었다. 설마, 난데없이 배에 구멍이 나거나 해일이 들이닥치거나 하지는 않을 것이다.

채빈을 태우고 나자 나룻배가 한결 속도를 냈다.

배는 수면을 가로질러 빛이 쏟아져 들어오는 출구로 향하고 있었다.

채빈은 잔뜩 긴장한 채로 나룻배 한가운데에 자세를 낮추고 앉았다.

배가 드디어 출구를 관통했다.

채빈이 나온 동굴 입구의 위로는 온통 까마득한 기암괴석의 절벽. 눈앞으로는 끝도 없는 망망대해가 채빈의 시야 가득히 펼쳐져 있었다. 하늘이 흐리고 저 멀리 보이는 구름에 가려 있었다.

배는 광활히 펼쳐진 바다로 향하지 않고 측면으로 뱃머리를 돌렸다. 그리고 절벽을 따라 한동안 나아갔다. 채빈이 있었던 곳과는 별개의 동굴 입구가 멀리에 보였다. 뱃머리 끝은 정확히 그 입구를 향하고 있었다. 저 동굴 안에 수도원이 있는 것이리라.

'어?'

문득 정수리가 간지러운 기분이 들었다.

채빈이 시선을 들었다. 절벽 상부의 움푹 파인 한 지점이 실룩이고 있었다.

'저게 뭐지?'

눈을 가늘게 뜨고 초점을 맞추자 한결 또렷하게 보였다.

어두운 녹색 빛깔의 작은 괴물들이었다.

괴물들은 원숭이처럼 끽끽거리며 제각기 활에 화살을 메기고 있었다.

'서, 설마!'

채빈의 얼굴이 백짓장처럼 새하얗게 질려갔다.

먼 거리였지만 알 수 있었다. 수십 개의 빨간 눈동자가 깜박이며 하나같이 자신을 노려보고 있다는 사실을.

파바바바바바바밧!

"으아아악!"

불길한 예감은 어김없이 현실로 들이닥쳤다.

채빈은 비명을 지르지 않을 수가 없었다. 수십 발의 화살들이 자신이 탄 나룻배를 향해 소낙비처럼 퍼부어지고 있었다.

몸을 날려 피할 수도 없는 상황. 결국 방법은 하나였다. 채빈은 배의 벽 안쪽으로 몸을 웅크리고 등을 바싹 붙였다.

콱! 콰직! 콰콱!

화살들이 나룻배 동체 곳곳에 꽂혀들었다.

채빈은 벌벌 떨며 더더욱 벽에 등을 바싹 밀어붙였다. 나룻배는 박혀든 화살들로 인해 순식간에 고슴도치처럼 변해가고 있었다.

"어?"

불현듯 채빈이 경직된 몸을 살짝 폈다. 이토록 화살을 쏘아대는데도 자신은 한 방도 맞지 않고 무사하다는 사실을 인식한 것이다.

채빈은 이내 깨달을 수 있었다. 가만히 웅크리고만 있으면 이 각도에서는 화살에 맞고 싶어도 맞을 수가 없다는 것을.

"하하……. 하하하! 씨발, 괜히 쫄았네. 병신들!"

더는 무서울 게 없어진 채빈이 웃음을 터뜨렸다.

"쏴봐, 이 새끼들아! 하하하! 나는 주유의 무리한 부탁을 받아 위나라로 화살을 얻으러 찾아온 짚 배 위의 제갈량이다! 하하하하하!"

완전히 여유가 생긴 채빈은 이제 배에 꽂힌 화살들을 바라보며 입맛이나 다시고 있었다. 철인지 동인지는 모르겠지만 아무튼, 고물상에 가져가면 거뜬히 1개월 월세 낼 돈 정도는 받아낼 수 있을 듯했다.

'이제 끝났나?'

한참을 쉴 새 없이 퍼부어지던 화살 세례가 끝나고 잠잠해졌다. 저 멀리 절벽으로부터 녹색 괴물들의 아우성만이 희미하게 들려오고 있을 뿐이었다.

콰직!

동태를 살피려 살짝 고개를 들던 차에 또 하나의 화살이 뱃머리에 내리꽂혔다.

채빈은 냉큼 몸을 웅크리고 누웠다. 그런데, 무엇인가가 이상했다. 정수리로부터 열기가 느껴지는가 싶더니 타는 냄새가 확 풍겨 왔다.

"이런 씨발!"

어느새 뱃머리에 불길이 이글거리고 있었다.

지금까지와는 다르게 기름심지로 된 화살촉에 불이 붙어 있었다. 채빈은 하얗게 질려 불화살을 뽑아 바다로 내던졌다.

그러나 본격적인 공격의 시작은 이제부터였다.

파바바바바밧!

머리 위로 하늘이 온통 붉게 타오르고 있었다.

불붙은 화살촉이 불꽃을 흩뿌리며 채빈의 나룻배로 쏟아져 내려왔다.

콱! 콰직! 콱! 콰콱!

"우와, 뜨거!"

나룻배 여기저기에 불이 붙었다.

채빈은 이성을 잃기 일보 직전이었다.

이대로 배가 침몰하면 끝장이다. 바닷물을 퍼 끼얹고 싶었지만 불화살의 수가 너무 많아 무서워서 일어날 수가 없었다.

"윈드!"

급한 대로 떠올린 마법이 윈드였다. 바람의 힘을 빌려 불길을 꺼뜨려 버리리라. 채빈의 손끝에서 마나의 힘을 머금은 바람이 휘몰아쳤다.

쉬이이이익!

그런데 이게 무슨 일인가.

채빈이 일으킨 1서클의 마법 바람은 애매하기 짝이 없었다. 세기가 애매한 바람은 오히려 불씨를 자극하는 꼴이 되고 말았다. 몇 배로 커진 불길이 나룻배의 태반을 휘감고 혀를 날름거렸다.

'더, 더는 안 되겠어!'

이를 악무는 일에도 서서히 한계가 왔다.

점점 빠르게 타들어가는 나룻배 위로 불화살 세례도 계속되고 있었다.

'동굴에 들어갈 때까지 조금만 더 견디면 위기를 벗어날 수 있을 텐데!'

채빈은 끝내 미련을 버리지 못하고 있었다.

기어이 동굴 진입까지의 거리를 가늠하려 뱃머리를 손으로 잡고 고개를 살짝 내밀고 말았다.

푸욱!

"아악!"

채빈의 손등에 화살이 처박혔다.

그것으로 끝이 아니었다. 뒤이어 날아온 또 하나의 화살이 무심코 치켜든 채빈의 팔뚝 한가운데를 꿰뚫었다.

푸우욱!

"아아아아악!"

눈 깜짝할 사이에 한 팔에 2개의 화살이 박혔다.

채빈은 기절할 것 같은 고통을 느끼며 널브러졌다. 이제는 미련이고 나발이고 없었다. 바들바들 떨리는 손끝이 안주머니의 스크롤을 꺼내고 있었다.

푸욱!

"커어어어억!"

채빈의 두 눈이 흰자위만 남기고 까뒤집혔다.

나룻배 측면으로 날아든 화살의 끝이 등허리에 처박힌 참이었다.

공격권을 피할 수 있는 각도라고 안심한 게 잘못이었다. 화살을 버텨낼 수 있을 만큼 튼튼한 나룻배가 아니었다.

채빈은 일그러진 얼굴로 침을 질질 흘려대며 스크롤을 가까스로 꺼내들었다. 그리고 못쓰게 된 한 팔 대신 입으로 스크롤을 물고 힘차게 찢어발겼다.

슈우우우욱!

찢어진 스크롤이 빛을 왈칵 토해냈다.

빛은 금세 채빈을 휘감아 안고 나룻배에서 자취를 감추었다. 텅 빈 나룻배 위로 애꿎은 화살 세례가 기세 좋게 이어지고 있었다.

"허억! 헉! 헉! 헉!"

던전 관리소로 돌아온 채빈이 무릎을 꿇고 숨을 헐떡였다. 왼쪽 손등과 팔, 그리고 등허리까지 총 3개의 화살이 꽂힌 상태였다.

'크으윽……. 마왕성에 가면 돼! 아무리 심하게 다쳐도 마왕성에 가면 쉽게 회복될 수 있지!'

채빈은 고통으로 흐릿해지는 눈앞을 비틀비틀 걸어 나갔다. Lv.3 마왕성은 상처 치유력이 45%씩이나 된다. 이까짓 화살로 입은 부상쯤은 며칠만 푹 자고 나면 깔끔하게 나을 것이다.

겨우 마왕성으로 들어선 채빈은 침상 위로 맥없이 쓰러졌다가, 다시 일어나 앉았다. 잠들기 전에 해야 할 일이 있었다.

'후우, 쫄지 마! 괜찮을 거야! 괜찮을 거야!'

채빈이 피가 터질 정도로 입술을 깨물었다. 그리고는 등허리의 화살을 붙잡고 비명 같은 고함을 내지르며 힘차게 뽑아냈다.

"아흐흑!"

하마터면 기절할 뻔했다. 그나마 화살이 얕게 박혀 있었기에 다행이었다. 관통이라도 했다면 스스로 뽑을 용기조차 내지 못했을 것이다.

"아흑! 아아악!"

채빈은 연달아 손등과 팔뚝의 화살들도 차례차례 뽑아냈

다. 터져 나온 핏물이 몸을 타고 줄줄 흘러내리며 이불을 적시고 있었다.
"허억……! 아우, 이젠 다 싫어……!"
채빈이 중얼거리며 드러누웠다. 베개의 서늘한 감촉을 뒷목으로 느끼면서 그는 금세 깊은 잠 속으로 빠져들었다.

제5장

정령 계약소

이계
마왕성

"으아아아악!"

채빈이 외마디 비명을 지르며 이부자리를 박차고 일어났다.

"허억! 헉! 헉!"

숨을 헐떡이며 두리번거리고 보니 마왕성 내부의 침상이었다. 비로소 채빈은 악몽을 꾸었음을 깨닫고 제 얼굴을 박박 문질렀다.

'꿈 한 번 겁나게 리얼하네.'

불화살 세례를 받고 죽는 꿈이었다. 꿈이 어찌나 생생했는지 그 열기가 다 느껴졌을 정도였다. 채빈은 땀에 젖은 몸을 셔츠자락으로 닦으며 일어섰다.

'이제 제법 정상으로 돌아온 건가.'

칸체레 수도원에서 탈출한 이래로 오늘까지 닷새를 내내 마왕성에서 잤다. 덕분에 손등과 팔뚝, 그리고 등허리의 상처는 거의 다 치유된 상태였다.

'참 대단하단 말이야.'

상처는 아물어도 흉터만은 남을 줄 알았는데 그것도 아니었다. 하루가 다르게 흉터가 확연히 줄어들고 있었다.

배에서 꼬르륵 소리가 났다. 일어나자마자 허기를 느끼는 것도 건강을 되찾았다는 증거일 것이다. 채빈은 밥을 먹으러 집으로 돌아왔다.

"아우, 냄새."

채빈이 밥솥을 열자마자 인상을 찌푸렸다. 해놓고 먹지 않아 오래된 밥이 누렇게 굳어 군내를 풀풀 풍기고 있었다.

"어차피 먹으면 다 똑같지, 뭐."

채빈은 버릴까 하다가 아까운 마음이 들어 누런 밥을 대접 가득 펐다. 물에 말아 김이랑 먹으니 그럭저럭 먹을 만은 했다.

'불화살을 막아낼 방법이 필요해.'

물에 만 밥을 입에 퍼 넣으면서 채빈은 생각했다.

죽을 위기를 겪긴 했어도 포기할 생각은 아니었다. 화살에 맞았던 고통을 떠올리면 몸서리가 쳐질 만큼 무섭긴 했지만, 금세 치료해 줄 마왕성이 있지 않은가. 쇼크사할 정도의 고통이 아닌 한 견뎌내면 그만이었다.

'지금 가진 힘으로는……'

1서클의 마법력으로는 감당이 되지 않음을 채빈은 느끼고 있었다. 지금보다 풍족한 2서클 이상의 마나와 강력한 마법이 절실했다.

독트로스 광산이나 동부 지저성 던전을 백날 가봤자 상위 등급의 보상은 나오지 않을 것이다. 나온다고는 해도 아주 미미한 확률일 터였다.

지금으로서는 상위 등급의 힘을 얻으려면 칸체레 수도원을 공략하는 수밖에 없었다. 하지만 지금 능력으로 어떻게 칸체레 수도원을 공략하란 말인가. 도무지 성립이 되지 않는 공식에 채빈은 밥을 먹다 말고 머리를 박박 긁었다.

'그냥 죽어라 노가다를 해야 하나?'

870코인을 모아 마왕성을 Lv.4로 개발시키면 또 다른 수가 나올지도 모르는 일이었다. 채빈은 답답한 마음으로 식사를 마치고 상을 물렸다.

바로 그때였다.

'아차!'

싱크대에 그릇을 넣는 와중에 난데없이 정령계약소를 개발했던 기억이 떠올랐다. 칸체레 수도원에서 겪은 일과 그로 인한 부상 여파로 까마득하게 잊고 있었던 것일까.

아니, 정확히 표현하자면 개발한 사실 자체를 잊었다기보다도 기능에 대해 전혀 고려를 하지 않았다는 쪽에 가까웠다. 왜 그랬을까. 정령계약소에 들어가면 해결책을 얻을 수 있을지도 모르는데!

채빈은 날듯이 집을 나서 지하 창고를 통해 마왕성으로 이동했다. Lv.1의 정령계약소는 연보라색의 오각뿔 형태를 띤 하나의 구조물로서 마왕성의 측면에 오롯이 서 있었다.

채빈이 정령계약소 안으로 들어섰다.

중앙 바닥에 새겨진 마법진이 보였다. 채빈은 혹시나 하는 마음에 마법진 위로 올라가 보았다. 하지만 아무 일도 일어나지 않았다.

'이게 아닌가.'

채빈이 이번엔 고개를 들고 구조물 내부를 둘러보았다. 오각뿔 형태에 맞춰 비스듬한 백색의 5면마다 각각 적혀 있는 글귀가 보였다.

원소 계열 정령의 장(활성화)
자연 계열 정령의 장(비활성화)

정신 계열 정령의 장(비활성화)
기타 계열 정령의 장(비활성화)
정령왕의 장(비활성화)

5면 중 원소 계열 정령의 장만이 아스라이 빛을 뿜어내면서 활성화가 되었음을 말해주고 있었다. 그리고 글귀의 밑에는 여지없이 코인 투입구가 달려 있었다.

채빈이 이끌리듯 다가가 벽으로 손을 뻗었다.

손끝이 닿자 표면 전역에서 감돌고 있던 빛이 채빈의 손으로 응집되었다. 곧바로 해당 면이 눈부신 빛을 뿜어내면서 안내문을 띄웠다.

〈원소 계열 정령의 장〉
1. 속성별로 보기
―빛, 어둠, 물, 불, 땅, 바람, 숲, 전기, 얼음.
2. 등급별로 보기
―하급, 중급, 상급, 무급

'속성이라……!'

잠시 생각하며 목록을 훑어보던 채빈의 뇌리를 스쳐가는 것이 둘 있었다. 하나는 던전의 깊은 어둠이었고, 또 하나는 불화살 세례였다.

그 두 가지 문제에 대입해 생각하자 답은 금세 나왔다. 빛과 물이었다.

채빈은 우선 '속성별로 보기'에서 빛을 먼저 선택했다. 화면이 갱신되면서 빛의 정령 목록이 화면에 떴다.

〈빛의 정령〉
1. 프라이어즈 랜턴
—등급:하
—요구조건:1서클 이상의 마나
—계약금:22□코인

2. 잭 오 랜턴
—등급:중
—요구조건:3서클 이상의 마나
—계약금:4,5□□코인

3. 윌 오 위스프
—등급:상
—요구조건:5서클 이상의 마나
—계약금:8만2,□□□코인

"와, 가격 봐라!"

3단계의 등급별로 가격이 천지차이였다.

중급정령인 잭 오 랜턴의 가격도 눈이 돌아갈 정도로 비싼데, 상급정령 윌 오 위스프의 가격은 무려 만 단위가 아닌가.

얼마나 마왕성을 개발시키고 부지런히 던전을 돌아다녀야 8만2,000코인이라는 어마어마한 양을 모을 수 있을까. 채빈은 솔직히 엄두조차 나지 않았다.

'선택권이 없잖아.'

현재 축적한 전 재산은 449코인이었다. 하급정령인 프라이어즈 랜턴 외에는 대안이 없었다.

채빈은 마왕성의 책상에서 코인을 가지고 와 투입구에 220코인을 넣었다. 그런 다음 목록에서 프라이어즈 랜턴을 선택했다.

슈우우우욱!

정령계약소 중앙 바닥의 마법진에서 원기둥 형태로 빛이 솟구쳤다.

채빈이 바라보고 있는 사이에 빛은 금세 가라앉았다. 그리고 마법진 위의 허공에는 주먹 크기로 뭉친 빛의 덩어리 하나만 덩그러니 남아 있었다.

'이게 프라이어즈 랜턴?'

빛의 덩어리는 아무런 움직임도 없이 잠잠했다.

채빈은 조심스럽게 손을 뻗었다. 손가락 끝이 닿은 순간 빛의 덩어리가 한 차례 몸을 들썩였다. 그리고는 채빈의 눈이 어지럽도록 허공을 이리저리 돌기 시작했다.

"우왁! 가만 좀 있어!"

채빈이 손을 앞으로 내저으며 소리쳤다. 빛의 덩어리가 허공에서부터 미끄러지듯 내려와 채빈의 눈앞에 멈춰 섰다.

—계약이 성사되었습니다, 주인님.

채빈이 눈을 번쩍 떴다.

머릿속에서 굳은 의지가 묻어나는 사내의 목소리가 울리고 있었다.

—저의 이름은 프라이어즈 랜턴. 주인님이 원하시는 한 영원히 곁에 머무를 것입니다.

"지, 지금 마계 공용어로 말하는 거야?"

—그렇습니다.

"그럼 넌 마계에서 온 거야? 마계라는 데가 진짜 있어?"

—그런 것은 모릅니다. 저는 이제 막 태어났습니다. 마계 공용어를 알고 있는 것은 주인님의 지식을 공유할 수 있기 때문입니다. 정령에 대한 얄팍한 지식을 제외하면 현재의 저는 백지상태나 다름없습니다.

"와, 그런 거야?"

─네. 원하시면 한국어를 사용할 수도 있습니다.

정령이라는 존재를 이렇게까지 편리하게 다룰 수 있을 줄은 몰랐다. 채빈은 절로 웃음이 나왔다. 주인님이라고 꼬박꼬박 대우를 해주는 정령의 태도도 무척이나 마음에 들었다.

채빈이 손바닥을 내밀며 말했다.

"이리 내려와 봐. 뜨겁진 않겠지?"

─네, 주인님.

프라이어즈 랜턴이 채빈의 손바닥 위로 내려왔다. 아름답게 흔들리는 빛을 내려다보고 있노라니 채빈은 황홀함을 느꼈다.

"너만 있으면 앞으로는 어떤 어두운 던전에 가도 걱정 없겠다. 이렇게 밝으니까."

─주인님, 저는 조명 역할만 하는 단순한 정령이 아닙니다.

"어? 무슨 뜻이야?"

─저와 같은 정령은 주인님의 마나를 흡수하면서 살아갑니다. 주인님께서 주시는 양질의 마나를 흡수하면 레벨이 상승하고, 그에 따른 여러 특성을 얻게 됩니다.

"아, 그래? 그럼 지금 레벨은?"

─1입니다.

프라이어즈 랜턴이 즉각 대답했다. 1이라는 숫자에 채빈은 자신의 마나가 1서클이라는 사실을 무심코 상기시켰다.

부끄러운 듯 뒷머리를 긁적이며 채빈이 물었다.

"근데 있잖아. 난 이제 고작 1서클이거든. 네 레벨을 올려주기엔 아직 많이 부족하지 않을까?"

―그 부분은 너무 걱정하지 마십시오. 마나의 양도 중요하지만 그보다 질이 우선입니다. 제가 주인님의 명령에 충실히 따르고, 그로 인해 주인님께서 저를 더욱 중히 여기시게 될수록 마나의 질은 월등히 올라가게 될 것입니다.

"오호……!"

채빈이 고개를 주억거리며 감탄했다. 그러다가 이제 막 생각났다는 듯이 손가락을 튕기며 물었다.

"그럼 내 마나 한 번 먹어볼래?"

―알겠습니다. 그럼, 잠시 실례합니다.

쉬이이익!

채빈이 저지할 틈도 없었다.

프라이어즈 랜턴이 순식간에 채빈의 심장 속으로 파고들었다. 그러나 정작 채빈은 아무런 느낌이 없었다.

잠시 후, 머리에서 프라이어즈 랜턴의 목소리가 울렸다.

―주인님의 마나가 충만합니다. 절반 이하를 섭취해도 레벨이 오를 수 있을 것 같습니다.

"고작 그것만으로 돼? 그럼 먹어."

―알겠습니다.

슈우우우욱!

'우욱!'

채빈이 무심코 심장을 부여잡았다.

감각이 확연히 느껴졌다. 내부로 들어온 프라이어즈 랜턴이 진공청소기처럼 마나를 빨아들이고 있었다.

순식간에 채빈이 가진 전체의 40%에 해당하는 마나가 소모되었다. 채빈이 한쪽 무릎을 풀썩 꺾으며 주저앉았다. 거의 동시에 프라이어즈 랜턴이 빛을 발하며 심장으로부터 빠져나왔다.

─괜찮으십니까?

"어, 어어……. 괜찮아. 그냥 갑자기 너무 빨리 빨려 들어가서 좀 놀랐을 뿐이야."

채빈이 손바닥을 들어 보이며 말했다.

다소 불어난 몸집을 빙그르르 돌리며 프라이어즈 랜턴이 말했다.

─감사합니다. 레벨이 2로 상승했습니다.

"그거 좋네. 뭔가 능력이 생겼어?"

─생겼습니다. 보여드릴까요?

프라이어즈 랜턴이 마치 기다리고 있었다는 듯이 즉각 되물었다. 목소리에는 드러나지 않고 있었지만 새로 얻은 능력을 꽤나 시험해 보고 싶은 눈치였다.

채빈이 웃으며 고개를 끄덕였다.

"그래, 보여줘 봐."

대답이 끝나기가 무섭게 빛의 덩어리가 급속도로 커졌다. 그러더니 한 순간에 정령은 전혀 다른 모습으로 탈바꿈했다.

"이, 이건… 무슨……?"

"어떻습니까, 주인님?"

머리에서 울리는 목소리가 아니었다.

눈앞에 선 사내가 또렷한 한국어로 말하고 있었다. 정령이 인간 형태로 변화한 것이었다.

"모습이 거슬리신다면 머리칼과 피부색 정도는 얼마간 바꿀 수도 있습니다."

"어? 아니, 그런 건 아니고……."

채빈이 말끝을 얼버무리며 인간으로 변한 프라이어즈 랜턴을 홀린 듯이 바라보았다. 빛처럼 눈부신 금발에 하얀 피부, 그리고 호리호리한 체격. 채빈의 또래로 여겨질 만큼 젊은데다가 용모도 모델처럼 수려했다.

"야, 너 잘생겼다."

채빈이 정령이라는 사실조차 잊고 진심으로 말했다. 그러나 프라이어즈 랜턴은 칭찬이라는 걸 인식하지 못한 것처럼 무표정했다. 채빈은 괜히 민망함을 느끼고 머쓱해졌다.

"근데 저기… 이거라도 입어."

채빈이 겉옷을 벗어주며 말했다. 프라이어즈 랜턴은 완전히 알몸 상태였던 것이다. 고분고분 겉옷을 받아 걸치는 그에게 채빈이 말을 이었다.

"있잖아. 이름이 좀 길어서 그런데 프라이어라고 줄여서 불러도 되지?"

"물론입니다, 주인님."

"그리고 주인님이라는 호칭도 좀 낯간지럽다. 그렇게 부르지 말지."

"그건 곤란합니다, 주인님."

"야, 나도 곤란해. 어디 보자……. 그래. 넌 지금 막 태어났으니까 1살이지?"

"정령의 나이는 무가치합니다."

"됐고, 그래. 앞으론 그냥 형이라고 불러. 안 된다고 하지 마. 명령이니까."

프라이어가 생각하는 얼굴로 고개를 약간 숙였다. 잠시 후, 그는 채빈을 향해 허리를 깊이 숙이며 대답했다.

"정 그러하시다면 님을 붙여 형님이라고 부르겠습니다."

"아니, 그냥 형이라고 부르라니까?"

"그건 곤란합니다, 형님."

"멋대로 정해서 그렇게 부르지 말라고!"

버럭 소리쳤지만 프라이어는 요지부동이었다. 별 수 없이 채빈은 형님 정도로 호칭 문제를 타협하고 정령계약소의 벽면을 향해 돌아섰다.

'이제는 물이지.'

프라이어의 믿음직한 모습을 보고 난 상황이니만큼 추호의 망설임도 없었다. 채빈은 서둘러 코인을 투입구에 밀어 넣고 물의 정령 목록을 화면에 띄웠다.

〈물의 정령〉

1. 운디네
—등급:하
—요구조건:1서클 이상의 마나
—계약금:22만코인

2. 운다인
—등급:중
—요구조건:3서클 이상의 마나
—계약금:4,500만코인

3. 엔다이론
—등급:상
—요구조건:5서클 이상의 마나

―계약금: 8만2,ㅁㅁㅁ코인

 요구조건과 계약금은 빛의 정령 항목과 일치했다.
 이번에도 채빈은 고민할 필요없이 운디네를 선택했다.
 슈우우욱!
 프라이어가 출현했을 때처럼 마법진에서 빛이 솟구쳤다. 이윽고 빛이 사라지면서 가려져 있던 정령이 모습을 드러냈다.
 "이게 정령이야?"
 채빈이 멍한 얼굴로 중얼거렸다.
 도시락 반찬통 크기의 작은 대리석 욕조가 눈앞에 두둥실 떠 있었다. 욕조 위로 하얀 김이 모락모락 피어오르고 있었다.
 "일단 계약을 하십시오."
 뒤에서 지켜보고 있던 프라이어가 말했다.
 채빈이 고개를 끄덕이며 욕조로 손을 가져갔다. 빛이 폭발하면서 채빈의 뇌리에 목소리가 울려 퍼졌다.
 ―후후후, 반가워요. 저는 물의 정령 운디네. 주인님과 계약해서 무척 기뻐요.
 달콤함마저 느껴지는 아름다운 여성의 목소리였다. 곧이어 욕조가 천천히 내려와 채빈의 가슴 앞으로 와 섰다.

"어어어……!"

욕조 안을 본 채빈의 얼굴이 화끈 달아올랐다.

전라의 조그마한 여자가 욕조의 물에 몸을 담근 채 채빈을 올려다보며 웃고 있었다. 하늘빛 머리칼을 분수처럼 올려 묶은 여자의 모습에서 청초한 아름다움이 느껴졌다.

―후후후, 주인님은 엉큼하시군요.

소녀가 목까지 몸을 물에 담그며 웃었다. 수면 위로 살포시 드러낸 우윳빛의 작은 어깨를 매혹적으로 들썩이고 있었다.

채빈이 황급히 고개를 돌리고 사과했다.

"미안해, 씻고 있는 줄 몰랐어. 그리고 보려고 본 게 아냐."

―사과하실 것 없어요. 주인님의 그런 음란한 시선이 싫지 않아요.

"아니, 그런 게 아니라고!"

운디네는 프라이어와는 전혀 다른 성향의 정령이었다. 여자를 대하는 일에 익숙하지 않은 채빈으로서는 첫 만남부터가 고역이라고 할 만 했다.

―저기, 주인니임.

고혹적으로 목소리를 뒤틀며 운디네가 말을 걸었다.

―저도 주인님을 먹고 싶어요. 저기 서 있는 빛의 정령처럼. 먹게 해주세요. 네에?

어느새 운디네는 채빈의 가슴 앞으로 욕조를 타고 날아와 심장 부근을 손으로 매만지고 있었다.

채빈은 털이 곤두서는 듯한 간지러움을 느끼며 눈을 질끈 감고 대답했다.

"말 이상하게 하지 말고, 알았어. 다 빨아들이면 힘드니까 좀 남겨."

—네, 후훗.

운디네가 채빈의 심장으로 파고들었다. 곧이어 마나가 빠른 속도로 흡수되기 시작했다.

"아욱……. 저기, 이제 그만해!"

운디네가 흡수한 마나양은 프라이어의 경우를 훌쩍 넘어서고 있었다. 이것은 아마도 프라이어만큼 운디네를 달갑게 여기지 않기 때문이겠지. 그런 생각을 하면서 채빈은 지끈거리는 머리를 싸맸다.

—후훗, 맛있었어.

운디네가 심장에서 빠져나오며 배시시 웃었다.

—저도 레벨이 올랐어요. 이제 변신할 수 있어요, 주인님. 당장 여기에서 할까요?

채빈이 절레절레 고개를 내저으며 손을 뻗었다.

"하지 마. 나중에 옷 줄 테니까 그거 입고 해. 그리고 좀 정신이 없어서 그런데, 나중에 부를 테니까 어디든지 가서 쉬고 있어."

채빈이 두통으로 얼굴을 찌푸리며 말했다.

마나 소모의 부작용도 있고 해서 일단은 집으로 돌아가 쉬고 싶었다. 줄곧 잠자코 있던 프라이어가 입을 열어 대답했다.

"그렇다면 정령계로 가서 대기하고 있겠습니다."

"정령계? 그런 곳도 있어?"

"계약을 받아 형태를 이루기 전부터 머물러 있던 저희들의 고향입니다. 필요하실 때는 언제든지 불러주십시오."

"어떻게 부르면 되지?"

"형님의 이름과 정령의 이름을 한 문장에 넣어 불러주시면 됩니다."

"아하……. 그래, 이를 테면 뭐, '이채빈이 프라이어를 부른다.' 이런 식으로?"

"그렇습니다."

"알았어. 일단 돌아가 있어."

프라이어와 운디네가 홀연히 자취를 감췄다. 채빈은 고요해진 마왕성을 등지고 현실로 돌아왔다.

'바람 좀 쐴까.'

채빈은 욱신거리는 머리를 손가락 끝으로 두드리며 거리로 산책을 나섰다.

시원한 바람이 불어와 몸의 열기를 가라앉혔다. 시간은 어느덧 오후 5시. 상가 건물 너머로 타들어가는 노을을 멀거니 바라보고 있는데 주머니의 핸드폰이 몸을 떨었다. 재경의 전화였다.

"어, 누나."

―채빈이 너 어떻게 된 거야? 며칠 동안 어디 갔었어? 왜 이렇게 전화가 안 되니?

"그냥 좀 바빴어. 무슨 일 있었어?"

채빈이 발치의 돌을 툭 걷어차면서 물었다. 무겁게 내려앉는 재경의 숨소리가 채빈의 귀를 간질였다.

―지금 어디야?

"집 앞인데."

―그럼 이따 7시까지 가게로 올래? 세만 씨랑 셋이서 같이 저녁 먹자.

"어? 아니, 저녁은 좀……."

채빈은 마치 할 말이 길바닥 위에 떨어져 있기라도 한 듯이 여기저기를 두리번거리며 말끝을 흐렸다. 솔직히 피곤해서 저녁 먹으러 가기가 귀찮았다. 그래도 재경의 부탁이라 거절하기가 썩 내키지 않아서 망설이고 있는 중이었다.

―안 돼?

재차 묻는 재경의 목소리가 가라앉아 있었다. 그 평범하지 않은 기색의 한마디가 채빈은 은근 신경이 쓰였다.

─먹으러 와. 맛있는 백숙 해줄게.

"알았어, 갈게."

한 번 더 재경이 채근했을 때 채빈은 마음을 바꾸고 수락할 수밖에 없었다. 늦지 않게 가겠다고 약속을 한 다음 채빈은 전화를 끊었다.

'처분할 겸 다녀오지 뭐.'

채빈이 왼쪽 주머니의 금덩이를 매만지며 생각했다. 구울을 처치했던 날의 독트로스 광산에서 얻은 보상이었다. 지금까지 얻은 금덩이들 중 가장 컸다.

채빈은 값이 얼마나 매겨질까 기대하면서 사거리를 향해 걸음을 내딛었다. 혹시 벌써 문을 닫았으면 어쩌나 하는 생각에 점점 속도가 빨라지더니 나중엔 뛰기 시작했다.

다행히 금은방은 아직 영업을 하고 있었다.

"안녕하세요."

가게로 들어선 채빈은 노인에게 인사하고 바로 금을 꺼내 내밀었다. 그 이상 아무 말도 하지 않았다. 그간의 경험을 통해 이 노인이 말 많은 손님을 싫어한다는 것을 충분히 깨달았으니까.

"312만 원으로 퉁."

감정을 끝낸 노인이 채빈의 반응을 보지도 않고 지폐를 세기 시작했다. 채빈 역시 말없이 웃으며 계산이 끝나길 기다렸다.

"여기 있네."

"고맙습니다."

"잠깐만."

노인이 돌아서는 채빈을 불러 세웠다.

채빈이 토끼처럼 눈을 동그랗게 뜨고 돌아보았다. 금 매입 이외의 일로 노인이 말을 건 적은 여태껏 한 번도 없었기에 조금 놀란 참이었다.

'의심하는 건가?'

채빈은 불안해졌다. 노인은 얼마든지 금을 가져와도 괜찮다고 말했지만, 채빈 스스로 생각해도 그간 너무 많이 가져왔다. 그것도 가공을 거치지 않은 날것 그대로의 금덩이로 말이다.

돌이켜 보면 이만큼 받아준 것만도 다행스럽다는 생각이 새삼 들었다. 더 이상 매입이 불가능하다는 말을 들으면 군말 없이 돌아나가리라. 채빈은 마음의 준비를 하고 있었다.

그러나 이어지는 노인의 말은 전혀 의외였다.

"자네, 저녁 먹었나?"

"아직 안 먹었는데요."

"나 잡탕밥 시켜 먹을 건데 자네도 들 텐가? 서비스로 한 번 사지."

노인이 전화기를 들고 있었다. 채빈은 황망한 와중에도 두 손바닥을 내보이며 사양했다.

"약속이 있어서요. 죄송합니다. 다음에 사주세요."

"다음은 없네. 그럼 잘 가게."

말을 마친 노인이 통화 버튼을 누르고 전화기를 제 귀에 대고 있었다.

"그럼 저는 이만."

채빈이 고개 숙여 인사하고 돌아섰다. 등 뒤에서 잡탕밥을 주문하는 노인의 목소리가 괜스레 쓸쓸하게 울리고 있었다. 문득 '혼자 사시는 걸까' 하는 생각이 들었다. 부인과 사별하고 홀로 금은방을 꾸리면서 외로운 나날을 보내고 있는지도 모른다.

'아직 시간이 남았네.'

재경과 약속한 시간까지 아직도 1시간 이상이 남아 있었다. 딱히 갈 곳이 없는 채빈은 일찍 가 있기로 생각하고 가게로 걸음을 향했다.

'빈손으로 가기는 좀 그런데.'

단순한 방문도 아니고 무려 백숙씩이나 얻어먹으러 가는 길이었다. 채빈은 어느새 돌아가신 어머니를 떠올리고 있었다. 어머니는 남의 집에 방문할 때 빈손으로 가는 건 경우가 아니라고 누누이 말하곤 했었다.

채빈은 마트에 들러 과일과 술, 그리고 마른안주를 얼마간 샀다. 양손에 바리바리 싸들고 가게에 들어서니 재경 혼자 주방에서 분주히 요리를 하고 있었다.

"어? 일찍 왔네?"

재경이 얼굴을 쏙 내밀고 웃었다. 매끈한 이마를 드러낸 채 사과처럼 올려 묶은 머리칼 끝이 상쾌한 느낌으로 흔들리고 있었다.

'누나가 이렇게 귀여웠나?'

형광등 밑에 선 재경의 얼굴이 낡은 가게 내부와 대조되어 더욱 환해 보였다. 채빈은 봉지를 양손에 나눠든 채 멍하니 재경을 바라보고 섰다.

"뭐야? 내 얼굴에 뭐 묻었어?"

"아니… 맛있는 냄새가 나서."

재경이 쿡쿡 웃었다.

"당근이지, 이 누나가 얼마나 요리를 잘하는데. 거의 다 됐으니까 좀만 기다리면 돼."

"자신감 폭발하는데? 기대된다. 아, 세만이 형은?"

"술 사러 갔어. 소주없이 백숙을 먹는 건 닭에 대한 모독이라나."

"나도 사왔는데, 술."

채빈이 주방 선반에 봉지를 내려놓았다. 봉지 안을 들여다

보고 재경이 이마를 찡그린 채 말했다.

"뭐하러 이런 걸 사오고 그래?"

"빈손으로 어떻게 와."

"으이구, 어린 게 잘난 척은."

잠시 후 세만이 소주와 맥주를 봉지 가득 사들고 돌아왔다. 재경이 요리의 마무리를 하는 동안 채빈은 세만을 도와 가게 셔터를 내리고 상을 차렸다.

"자자, 뜨거우니까 비키세요."

재경이 백숙이 든 큼지막한 솥을 들고 나왔다.

채빈과 세만이 앉은 채 몸을 뒤로 젖혔다. 재경은 식탁 한 가운데 솥을 내려놓고 손바닥으로 부채질을 해댔다.

"휴우, 더워."

재경이 앞치마를 풀고 의자에 앉았다. 민소매 셔츠 밖으로 드러난 어깨부터 팔뚝까지 온통 땀으로 번들거리고 있었다.

"맛있겠다. 사장님, 이게 몇 마립니까?"

"3마리요. 근데 작아서 얼마 안 될 거예요. 뜨거울 때 얼른 드세요."

세만이 먼저 큼지막한 한 덩어리를 자기 접시로 덜었다. 뒤이어 재경이 국자와 젓가락을 양손에 들었다. 그녀는 곁눈으로 채빈을 살피며 머뭇거리고 있었다.

'괜히 챙겨줬다가 기분 나빠할지도 모르니까…….'

재경은 결국 건져낸 고기 한 덩어리를 자기 접시로 가져다 놓고 말았다. 최근 들어 줄곧 생각하고 있었다. 자신은 친동생처럼 여겨져서 챙겨주는 거라지만, 이 모든 것들이 채빈에게는 불쾌하게 받아들여질지도 모른다고.

"누나."

채빈이 불쑥 재경을 불렀다.

재경이 자기 접시의 고기를 자르다 말고 고개를 들었다.

"어. 왜?"

"나도 좀 덜어줘."

채빈이 텅 빈 자기 접시를 가리키고 있었다.

표정이 없었던 재경의 얼굴에 꽃이 만개하듯 생기가 확 퍼졌다.

"아, 알았어. 고기가 커서 덜기 힘들지? 누나가 해줄게. 접시 이리 줘."

재경이 재빨리 채빈의 접시를 받아 들었다. 먹기 좋게 고기를 썰어주는 그녀의 얼굴에 무한한 뿌듯함이 어려 있었다. 곁에 앉은 세만이 재경의 심경을 읽고 헛웃음을 터뜨렸다.

"아욱!"

국물 한 숟가락을 입에 넣은 채빈이 인상을 찌푸리며 신음을 토했다. 재경이 깜짝 놀라 물었다.

"뜨거워? 혀 데었어?"

"아니, 맛이……."
"이상해? 입에 안 맞니?"
"너무 맛있어서 놀랐어."
재경이 울상을 지으며 채빈의 머리에 꿀밤을 먹였다.
"으이구, 혼나고 싶어? 깜짝 놀랐잖아."
"진짜 맛있다. 진짜로 이렇게 맛있는 백숙 처음 먹어 봐."
"많이 먹어. 충분히 만들었으니까."
"자자, 소주도 한 잔씩 합시다."
세만이 뚜껑 딴 소주 주둥이를 상 위로 내밀었다. 넘치도록 술이 찬 잔을 들고 세 사람은 건배를 나눴다.
"크으, 술맛 좋다. 자자, 또 한 잔씩 받으시죠."
"세만이형, 오늘은 좀 천천히 달려요."
"그래요, 세만 씨. 또 저번처럼 취해서 무슨 이상한 애니 노래 부르면서 춤을 추시려고."
"에에? 미쿠쨔웅 노래를 이상하다고 표현하다니. 도대체가 사장님의 의식 구조가 궁금합니다."
"제 쪽에서 할 말이에요."
즐거운 저녁 식사가 이어지고 있었다. 맛있는 음식과 목이 시리도록 차가운 술, 시끌벅적 오가는 대화 속에서 채빈도 내내 웃고 있었다.
두어 시간이 지났다.

상 밑에 마셔버린 소주병들이 잔뜩 나뒹굴고 있었다. 누구랄 것도 없이 모두 얼굴이 새빨갛게 달아올라 있었다.

'아, 어지러워.'

제일 심하게 취한 건 채빈이었다. 축 늘어진 몸을 가누기가 힘들 정도였다.

채빈은 재경의 왼쪽으로 자리를 옮겨 기둥에 등과 뒷머리를 기댔다. 가물거리는 시야 속에서, 재경과 세만은 혀가 꼬부라진 목소리로 대화를 이어가고 있었다.

"후우… 세만 씨, 제 꿈이 뭔지 아세요?"

"글쎄요. 붕어빵의 지배자?"

재경이 세만을 흘겨보며 어깨를 찰싹 때렸다.

"농담하지 말고요! 끅, 제 전공이 문헌정보거든요. 도서관에 사서로 취직해서 온갖 책들에 파묻혀 사는 게 제 꿈이에요. 근데… 졸업 한 번 하기가 이토록 힘들 줄은 몰랐어요."

재경의 말끝은 거의 울음에 가까웠다.

채빈은 밀려드는 취기 속에서도 마음이 숙연해졌다. 재경의 힘든 형편을 어느 정도는 파악하고 있으니까. 그래도 이제는 스페셜 붕어빵 덕분에 상황이 제법 호전되었을 거라고 생각하고 있었는데, 그렇지만도 않은 모양이었다.

재경이 말을 이었다.

"그런데… 이제는 전혀 우울하지 않아요. 장사가 잘 돼서 내년에는 너끈히 복학할 수 있을 것 같거든요. 졸업하면 사서가 될 수 있을 거고요. 전부 여기 앉아 있는 채빈이 덕분이죠."

말을 마친 재경이 채빈에게로 시선을 돌렸다. 물기를 머금고 반짝이는 두 눈 속에서 채빈의 얼굴이 물결치고 있었다.

"고마워, 채빈아. 너 없었으면 난 어쩜……."

"뭔 소리야, 하지 마. 누나 취했어."

"안 취했어! 안 취했어!"

재경이 억울하다는 얼굴로 애처럼 발을 동동 굴렀다. 그러더니 갑자기 채빈을 와락 끌어안고 펑펑 울기 시작했다.

"으아아앙! 채빈아, 고마워……!"

"우왁……!"

채빈은 정신이 아찔해졌다.

연거푸 소리치는 재경의 말은 귀에 들려오지도 않았다. 풍만한 가슴에 폐가 짓눌렸는지 숨을 쉬조차도 버거웠다. 게다가 도대체 어떻게, 여자라는 생물은 땀내마저 이토록 향기로울 수가 있는 거지.

"휴우, 후련하다."

한참 만에 재경이 숨을 훅 들이키며 채빈에게서 몸을 떼었다. 티슈를 뜯어 젖은 얼굴을 훔치며 그녀가 물었다.

"채빈이 네 꿈은 뭐야? 좋아하는 일이나 하고 싶은 일 같은 거 말해 봐."

"잘 모르겠는데……."

채빈이 말을 얼버무리며 씁쓸히 웃었다.

재경이 말한 꿈이라는 단어는 주말 내내 숙자를 피해 도서관에서 책을 읽던 기억을 끄집어내고 있었다. 채빈은 고개를 절레절레 저으며 솟구치는 기억을 되삼켰다.

"뭘 혼자 생각하고 혼자 고갯짓을 하니?"

"잘 모르겠어, 정말로."

채빈이 잔에 소주를 따르며 대답했다. 이 순간만큼은 진심이었다. 꿈이 무엇인지 기억이 나지 않았다. 무엇을 가장 좋아하고 또 즐겨왔는지 갈피를 잡을 수가 없었다.

"채빈아."

재경이 나직이 불렀다. 채빈이 마시고 난 잔을 내려놓고 그녀와 시선을 맞췄다.

"저번에 말했던 놀이공원 말이야. 정말 안 갈래?"

재경은 기대감을 품은 눈으로 물끄러미 채빈을 바라보며 대답을 기다렸다. 코앞에 이런 얼굴을 마주한 채 어떻게 거절할 수가 있을까. 채빈은 느릿느릿 고개를 끄덕였다.

"정말? 가는 거지?"

"어. 가자."

"언제 갈까? 일요일?"

채빈은 잠시 마왕성의 일정을 생각했다. 어차피 이번 주는 독트로스 광산과 동부 지저성 던전만 가면 되니까 걸릴 게 없었다.

"어. 일요일 좋아."

"후훗, 신난다. 롤러코스터 백 번 타야지. 세만 씨, 들었죠?"

"네?"

세만이 무릎 위의 게임기로 떨어뜨리고 있던 두 눈을 치켜들었다.

"그새 또 게임을 하고 있었어요? 일요일에 서울랜드 가자고요."

세만이 즉시 난색을 표했다.

"그게… 저는 좀 바빠서. 밀린 애니도 봐야 하고, 오후엔 사테라이자 피규어 직거래로 사러 가기도 해야 하고요. 채빈이랑 둘이 다녀오시죠."

"안 가시면 이번 달 월급 없어요."

"ㅇㅇㅇ… 또 흑화한다……!"

깊어지는 어둠 너머로 가게들이 하나둘씩 셔터를 내리고 있었다. 과연 롤러코스터가 마왕성보다 재미있을까. 얼마 남지 않은 마지막 술을 잔에 대고 탈탈 털며 채빈은 하릴없이 생각하고 있었다.

다음날.

채빈은 정오가 다 되어서야 지독한 갈증을 느끼고 부스럭거리며 몸을 일으켰다.

"아우, 머리야……!"

과음이 불러온 숙취가 무겁게 온몸을 짓누르고 있었다. 물을 꺼내 마시기 위해 지척의 냉장고로 몸을 움직이는 일조차 버겁기 짝이 없었다. 채빈은 물을 벌컥벌컥 마시고 숨을 몰아쉬며 도로 드러누웠다.

'배고파…….'

물을 실컷 마시고 났더니 이제는 허기가 밀려왔다. 계란을 푼 얼큰한 라면 한 그릇이 먹고 싶었다. 문제는 일어나서 라면을 끓이기가 미칠 정도로 귀찮다는 것이었다. 누가 대신 라면 좀 끓여줬으면.

'아……!'

채빈의 뇌리에 라면을 대신 끓여줄 존재가 떠올랐다. 명령할 것이 있으면 언제든지 불러달라고 제 입으로 말했었다.

'한 문장으로 내 이름과 자기 이름을 말하라고 했지.'

채빈은 기억을 되새기며 정령 프라이어를 떠올렸다. 가뜩이나 몸이 힘든 마당에 상대하기가 껄끄러운 운디네를 부르고 싶지는 않았다.

"으으… 이채빈이 프라이어를 부른다."

채빈이 벽에 등을 기대어 앉아 중얼거렸다. 말이 끝나기가 무섭게 눈앞에 빛이 번쩍이더니 빛 덩어리 형태로 프라이어가 나타났다.

―부르셨습니까, 형님.

"어, 안녕. 미안한데 내가 지금 너무 힘들거든. 저기 찬장에 라면이라는 게 있는데 좀 끓여주면 안될까? 간단하니까 방법은 가르쳐줄게."

슈우우욱!

프라이어가 인간 형태로 변신했다. 눈부신 금발을 뒤로 쓸어 넘기며 그는 자신있게 말했다.

"맡겨만 주십시오, 형님. 금세 대령하겠습니다."

"잠깐만, 그 전에 옷부터 제대로 입어. 저기 서랍 안에 옷 있으니까 마음에 드는 걸로 꺼내 입어도 돼."

"감사합니다."

프라이어가 서랍을 뒤적이더니 셔츠와 바지를 꺼냈다. 언젠가 채빈이 재경과 데이트를 한 날 샀던 가장 아끼는 옷이었다.

하필이면 저 옷을 고를 줄이야. 마음대로 입으라고 했던 말을 물릴 수도 없는지라 채빈은 하는 수 없이 입을 다물고 말았다.

프라이어가 냄비에 물을 채우고 가스레인지에 불을 올렸다. 라면 봉지를 뜨는 그의 등에 대고 채빈이 감탄스럽다는 듯이 말했다.

"능숙한데?"

"말씀드렸다시피 형님의 지식을 공유하니까요."

프라이어가 다 끓인 라면과 김치를 내놓았다.

채빈이 젓가락을 들며 권했다.

"너도 먹어 봐."

"정령은 마나 이외엔 아무 것도 섭취할 수 없습니다."

"안타깝네. 이거 좆나게 맛있는 건데."

채빈은 후루룩거리며 뜨거운 라면을 먹었다. 숙취 때문인지 프라이어의 끓이는 솜씨가 좋아서인지 평소보다 맛이 훨씬 좋았다.

"와, 맛있게 잘 끓였네."

"기쁘십니까?"

"어? 그래, 기쁘지. 그런 건 왜 물어?"

"친화력이 높아져야 제가 빨리 레벨을 올릴 수 있을 테고 나아가 형님께 더욱 도움이 되어 드릴 수 있을 테니까요."

그렇게 말하는 프라이어의 말투는 자못 엄숙하기까지 했다.

"말씀하십시오. 라면을 끓이는 일보다 더 기뻐하실 수 있는 일이 있다면 말입니다."

"음, 뭐가 있을라나?"

채빈은 뜨거운 라면을 후후 불며 방을 돌아보았다. 고작 며칠을 정리하지 않았을 뿐인데 방 안은 개판 5분전이 되어 있었다.

"그럼 방 청소라도 해줄래?"

"문제없습니다."

프라이어가 벌떡 일어나 그 즉시 청소를 시작했다. 손길에 거침이 없었다. 모든 물건이 채빈이 생각한 제자리로 되돌아가고 있었다.

드르르륵!

정리를 끝낸 프라이어가 창문을 열고 한 손을 치켜들었다. 방 안 가득 쌓였던 먼지들이 떠올라 허공에서 하나로 뭉쳤다. 프라이어의 손짓에 따라 먼지 뭉치는 창밖으로 튕겨나갔다.

"끝났습니다, 형님."

"어? 어……. 수고했어."

채빈은 청소를 끝낸 프라이어를 놀란 얼굴로 올려다보며 대답했다. 불과 30초 만에 대청소라도 한 것처럼 방 전역이 말끔해진 것이었다.

"형님, 다른 것은 없습니까?"

프라이어가 한쪽 무릎을 꿇고 앉으며 물었다. 그 자세가 부담스러워서 채빈은 라면을 먹다 말고 컥컥거리며 허리를 폈다.

"그게, 갑자기 그러니까 생각이 전혀 안 나."

"어려운 일이라도 개의치 마시고 형님께서 기뻐하실 일이라면 뭐든지 명령하십시오."

"잠깐만, 생각 좀 해볼게."

이렇게 챙겨주는 일만 해도 채빈은 충분히 기뻤다. 하지만 프라이어는 보다 강한 기쁨을 느끼기를 갈망하는 듯했다.

채빈은 얼마 남지 않은 면발을 건져 올리며 자신이 기뻐할 수 있을 만한 일이 무엇일지 생각했다.

'돈을 벌어오면 최고로 좋겠지만……'

프라이어가 아르바이트라도 해서 돈을 벌어다 주면 무척이나 기쁠 것 같았다.

거기까지 생각한 채빈은 그만 웃음을 터뜨렸다. 스스로 생각해도 말이 안 되는 소리였다. 정령이 무슨 수로 인간처럼 취업을 하겠는가.

'어? 말이 안 되는 건 아니잖아?'

채빈이 웃음을 거두고 눈앞의 프라이어를 진지하게 뜯어보았다. 어느 모로 봐도 영락없는 인간의 모습이었다.

"있잖아, 프라이어."

이윽고 결정을 내린 채빈이 입을 열었다.

"말씀하십시오, 형님."

"나가서 돈 좀 벌어올래? 범죄는 저지르지 말고. 그러니까… 합당한 일을 해서 돈을 벌어다 주면 내가 참 기쁠 것 같은데. 알바 같은 거 말이야."

"알겠습니다, 형님."

프라이어가 더 묻지도 않고 벌떡 몸을 일으키더니 현관을 향해 돌아섰다. 이렇게 되자 채빈이 당황스러움을 느끼고 따라서 일어섰다.

"괜찮겠어?"

"최선을 다해보겠습니다, 형님."

"알았어. 너무 멀리 가지는 마."

"거리의 기준을 정해주십시오."

"음……. 3km 이상은 나가지 마. 그리고 그 머리색이랑 피부색 바꿀 수 있다고 했지? 나랑 비슷하게 바꾸면 안 돼?"

"문제없습니다."

즉석에서 프라이어가 용모를 바꿨다. 금발은 윤기가 흐르는 흑발로, 눈처럼 새하얗던 피부는 채빈과 비슷한 황색으로 탈바꿈했다.

"어떻습니까?"

"완벽해! 쏘 쿨이야! 영락없는 한국인이야!"

"그럼 다녀오겠습니다."

프라이어가 정중히 인사를 하고 집을 나섰다.

홀로 남은 채빈은 닫힌 현관문을 바라보며 두 주먹을 불끈 쥐었다. 아무리 생각해도 최고의 판단이었다. 돈도 벌고 친화력도 높이고, 이거야말로 일석이조 아닌가. 프라이어가 집으로 돌아올 때까지 채빈의 기쁨에 찬 콧노래는 계속되었다.

"다녀왔습니다, 형님."

서너 시간이 지나 프라이어가 돌아왔다.

채빈은 그때 처음으로 프라이어라는 정령에게도 표정이 있음을 알 수 있었다. 양어깨를 축 늘어뜨린 채 입을 다문 프라이어의 얼굴은 침울한 기색이 역력했다.

"얼굴이 왜 그래?"

"취업에 실패했습니다. 서른 군데를 돌아다녔지만 하나같이 저의 고용을 거절했습니다."

'어째서?' 라고 채빈이 묻기 직전 프라이어가 고개를 들었다. 눈물을 쏟을 것 같은 얼굴을 한 채, 프라이어는 무겁게 말을 이었다.

"신분증이 없어요, 형님."

"……."

가슴 먹먹한 정적이 작은 방 안에 흘렀다.

제6장
위대한 정령들

이계
마왕성

일요일 오전 5시.

깊이 잠들어 있던 핸드폰 알람이 시끄럽게 울리기 시작했다. 채빈은 몇 번 몸을 뒤척이다가 핸드폰을 잡고 알람을 껐다.

"으으음……."

채빈이 하품을 하면서 몸을 일으켰다.

오늘은 재경과 세만까지 셋이서 놀이공원에 놀러가는 날이었다. 가기 전에 던전을 공략해 두려고 이른 시각에 일어난 참이었다.

"우왁!"

채빈이 옆의 이부자리를 보고 기겁을 하며 물러났다. 웬 20살가량의 여자가 파자마 차림으로 돌아누워 자고 있었다. 하늘빛의 기다란 머리칼이 등허리까지 흐트러져 내려와 있었다.

'아……. 맞다. 어젯밤에 불렀었지.'

눈앞에 자고 있는 여자는 물의 정령 운디네였다.

잠들기 전에 분명히 정령계로 돌아가라고 했는데 끝내 말을 듣지 않고 채빈의 방에서 퍼질러 자버린 것이었다.

운디네가 입고 있는 파자마를 포함해 현관의 꽃무늬 샌들, 방구석의 땡땡이 원피스는 채빈이 상설매장에 가서 사온 것들이었다. 남자 옷은 도저히 입을 수 없다는 그녀 본인의 요청에 따라서였다.

'어처구니가 없네. 무슨 정령이 이래. 돈을 벌어다주기는커녕 뼁을 뜯어가네.'

도대체가 간드러지게 웃을 줄만 알지 대책이 없는 정령이었다. 굳건한 의지를 가진 프라이어와는 달라도 너무 달랐다.

이런 정령과 친화력을 높이고 레벨을 키운다 한들 제대로 써먹을 수나 있을까. 던전에 데리고 가도 사고만 치고 돌아다닐 것 같았다. 정령계약소로 가서 운디네와의 계약을 파기하는 편이 좋겠다는 생각까지 슬슬 드는 참이었다.

"저기, 좀 일어나 봐."

채빈이 운디네의 어깨를 잡고 흔들었다. 운디네가 부스럭거리며 채빈 쪽으로 돌아눕고는 찡그린 표정으로 눈을 떴다.

"음……. 일어나셨어요, 주인님?"

"나 이제 슬슬 나가야 돼. 너도 일어나서 정령계로 돌아가. 무슨 사람처럼 이렇게 잠을 자?"

"일단 안아주세요, 주인님."

운디네가 두 팔을 활짝 펼치며 잠꼬대를 하듯이 말했다. 채빈은 무시하고 일어나 형광등을 켰다.

"아, 빛이 눈부셔."

"시끄러워, 좀."

채빈이 거칠게 서랍을 열고 수건을 꺼내 목에 둘렀다. 욕실로 들어가기 직전 채빈이 문턱을 밟고 서서 운디네를 향해 말했다.

"일어나라니까."

"일어날 거예요."

"씻고 나오기 전에 돌아가줬으면 좋겠는데."

"네, 그렇게 할게요."

운디네가 졸린 얼굴로 싱긋 웃으며 손을 흔들어 보였다. 그러나 채빈이 안심하고 욕실로 들어가자 그녀는 곧바로 이부자리에 드러누웠다.

"뭐야? 아직도 자고 있어?"

욕실에서 나온 채빈이 젖은 머리를 닦던 손을 멈추고 이를 빠드득 갈았다. 목욕을 한 그 짧은 사이에 운디네는 깊은 잠에 빠져든 채였다.

채빈이 수건을 내팽개치고 프라이어를 소환했다.

"부르셨습니까, 형님."

"얘 좀 정령계로 데려가면 안 될까?"

채빈이 늘어져 자고 있는 운디네를 가리키며 말했다. 프라이어가 손끝으로 턱을 만지며 난색을 했다.

"형님 말씀도 안 듣는데 제 말이라고 들을까요?"

"아니, 무슨 정령이 이렇게 말을 안 들어?"

"거친 방법이지만 직접 제어하실 수밖에 없죠."

프라이어의 말에 채빈은 어리둥절해졌다.

"직접 제어?"

"협박 말입니다."

프라이어가 대수롭지 않게 대답했다. 그는 멍하니 선 채빈을 뒤로 하고 운디네 앞에 쪼그려 앉아 그녀의 귓가에 대고 속삭였다.

"형님이 너랑 계약 파기하신대."

말이 끝나기가 무섭게 운디네가 몸을 벌떡 일으켰다. 흡사 영혼까지 털린 듯한 하얗게 질린 얼굴로 바들바들 떨고 있었다.

"설마… 주인님, 농담이시죠? 어떻게 그런 무서운 말씀을……! 이 운디네에게 장난치신 거죠? 제가 무슨 잘못을 했다고요?"

"내 말을 안 듣잖아. 정령계로 돌아가라고 했는데 왜 내 옆에서 자고 있는 거야?"

"보다 빨리 친화력을 높이기 위해서죠. 주인님을 제대로 보필하려면 하루빨리 제가 레벨을 올려야 하잖아요?"

"네가 내 옆에서 자는 거랑 친화력이랑 무슨 상관인데?"

"무슨 상관이라니요? 아름다운 제가 잠자리 시중을 들어드리는데 주인님 기분이 좋아지는 건 당연하잖아요?"

"하나도 안 좋았어! 너 혼자 무슨 망상을 하는 건지 모르겠는데 난 그냥 피곤하다니까?!"

채빈이 침을 튀겨가며 버럭버럭 소리쳤다. 운디네의 커다란 두 눈망울이 흔들렸다. 이윽고 눈물까지 그렁그렁 고이기 시작했다.

"으흐흑, 주인님. 너무해요."

운디네가 두 손에 얼굴을 묻고 흐느꼈다. 정령이 사람처럼 구는 게 우습다고 생각되면서도 채빈은 얼마간 마음이 약해졌다.

'아냐, 기왕 한 번 밟는 거 확실히 밟아줘야지.'

물렁하게 넘어갔다가는 또 무슨 황당한 억지를 부릴지 모르는 일이다. 채빈은 마음을 독하게 먹고 으르렁거리듯 말을 이었다.

"농담 아니야. 네가 너무 말을 안 들어서 계약을 파기할까 해. 여기 있든 말든 마음대로 해. 나는 지금 당장 정령계약소로 가서 너와의 계약을 파기할 테니까."

말을 마친 채빈이 셔츠를 갈아입으며 나갈 채비를 서둘렀다. 운디네가 뛰어와서 채빈의 다리를 끌어안고 펑펑 울며 애원하듯 말했다.

"으어엉, 주인님! 한 번만 용서해주세요. 이 운디네가 잘못했으니 부디 화를 풀어주세요!"

채빈이 운디네를 쓰윽 내려다보며 나직이 물었다.

"진심이야?"

"네, 진심이에요. 정령계로 돌아가 있겠어요. 인간이 된 제 모습이 스스로 보기에도 너무 아름다워서 주인님도 기뻐하실 줄 알았어요. 물론 기쁘신 건 틀림없겠지만 이렇게 수줍어하시니 도리가 없네요. 정령계로 돌아가 있겠어요. 용서해 주세요, 주인님."

"말이 좀 이상한 것 같은데……. 아무튼 됐어."

채빈이 납득하고 목소리를 누그러뜨렸다. 너무 심하게 몰아붙이면 오히려 역효과가 날지도 모른다.

운디네가 훌쩍거리며 일어섰다. 그녀는 파자마 자락을 치켜 올려 젖은 눈가를 훔치더니 채빈 어깨 너머의 프라이어를 표독스럽게 쏘아보았다. 죽이겠다고 말하고 있는 눈빛이었다.

"아, 너희들도 나랑 같이 던전 가자."

채빈이 신발을 신으며 말했다. 오늘 가야 할 던전은 눈 감고도 공략할 수 있는 독트로스 광산과 동부 지저성이다. 던전 공략의 예행연습도 시킬 겸 데려가는 것도 나쁘지 않을 것이다.

"어머, 좋아요. 주인님!"

운디네가 아이처럼 팔짝팔짝 뛰면서 대단히 기뻐했다. 프라이어는 딱히 내색하지는 않았지만 흥분으로 동요하는 눈빛만은 감추지 못하고 있었다.

'저렇게까지 좋아하나.'

신발 끈을 고쳐 묶으며 채빈은 막연히 생각하고 있었다. 내가 자신들을 필요로 하는 자체가 그저 기쁜 것일까? 내 이기심만을 철저히 따른 무리한 부탁을 하더라도?

"자, 가자."

신발을 신은 채빈이 일어서서 현관을 나섰다. 프라이어는 빛 덩어리로, 운디네는 작은 욕조에 몸을 담근 모습으로 되돌아와 채빈의 머리 위를 따르고 있었다.

두 정령을 대동했지만 던전 공략의 방법은 예전과 다르지 않았다. 이제 고작 레벨2가 된 정령들은 공격 마법을 보유하고 있지 않아 전투에 직접 참가할 수도 없었다.

성과가 전혀 없는 것은 아니었다. 정령들은 채빈이 던전을 돌파하는 과정을 견학하면서 친화력을 높이고 있었다. 사실 그것만으로도 당초의 목적은 충분히 달성했다고 볼 수 있었다.

"이야, 역시 풍요의 반지 효과가 좋긴 좋구나."

2개 던전 공략을 끝내고 돌아온 채빈이 마왕성 책상에 코인을 수북하게 늘어놓으며 중얼거렸다. 오늘은 총합 185코인을 획득했다.

'하지만 보상은……'

오늘도 보상 상자는 양 던전 모두 텅 비어 있었던 것이다. 하지만 채빈은 절망하지 않고 피가 나도록 이를 악물었다. 계속되는 텅 빈 상자는 칸체레 수도원을 향한 그의 공략 의지를 더욱 불타오르게 하는 계기가 되고 있었다.

칸체레 수도원에 진입하기까지는 아직도 3주가량의 시간이 남아 있다. 그때까지 두 정령을 전투에 활용할 수 있을 만큼 최선을 다해 키울 것이다. 생각을 마친 채빈은 자리를 털고 일어섰다.

'슬슬 가야겠네.'

재경과는 오전 11시에 가게에서 만나기로 약속했으니 아직 여유는 있었다. 하지만 그전에 매장에 들러 입을 옷을 사야 했다. 제일 맘에 들었던 옷을 프라이어가 가져가 버렸으니까.

"수고했어. 너희들은 이제 돌아가. 이제 나도 약속이 있어서 어디 좀 가봐야 하거든."

채빈이 두 정령에게 손을 흔들어 보였다.

프라이어가 채빈의 눈앞으로 내려왔다. 빛이 깜박이는가 싶더니 채빈의 머릿속에 목소리가 울렸다.

―형님.

"어? 왜?"

―오늘 하루 더 취업활동을 해보고 싶습니다. 허락해주십시오.

프라이어의 한마디에 채빈은 그만 코끝이 찡해질 정도로 감동을 받았다. 프라이어의 말이기에 더 생각해 볼 것도 없이 믿음이 갔다. 채빈은 그 자리에서 고개를 끄덕여 프라이어의 요청을 수락했다.

―주인님! 저도요! 저도요!

운디네가 욕조 물을 첨벙거리며 졸라댔다.

채빈이 쳐다보지도 않고 단박에 잘랐다.

"너는 안 돼. 나 없는 사이에 무슨 짓을 벌일지 모르거든."

―주인님, 너무하세요! 어떻게 이 운디네를 그토록 못 믿으시는 건가요? 으흐흑… 너무해!

"아우, 울지 마! 머리가 지끈지끈 울린다고!"

바로 그때 프라이어가 이야기에 끼어들었다.

―형님, 허락해주시면 안 되겠습니까?

"어?"

프라이어는 운디네를 지지하며 채빈을 의아하게 만들고 있었다.

운디네가 울음을 그치더니 놀란 얼굴로 욕조 끄트머리를 잡고 섰다. 프라이어가 말을 이었다.

―말썽을 피우긴 해도 형님께서 계약하신 정령입니다. 분명히 친화력 상승에 도움이 되는 쪽으로 발전할 수 있을 겁니다. 제가 잘 감시하고 있을 테니까 허락해 주십시오.

프라이어가 이렇게까지 말하니 거절할 도리가 없었다. 채빈은 뚫어져라 운디네를 바라보았다. 운디네는 겁먹은 듯 얼굴만 쏙 내민 채 욕조 속으로 몸을 움츠렸다.

"너 진짜 사고 치면 알지? 얌전히 있어야 돼."

―감사드려요, 주인님!

운디네가 욕조 물을 첨벙거리며 기뻐했다.

튀는 물을 피해 물러나면서 채빈은 어쩔 수 없이 불안해졌다. 정말 괜찮을까. 치미는 불안감을 억지로 털어내며 채빈은 출구를 향해 걸음을 내딛었다.

"여기야, 여기!"
재경의 목소리와 경적이 뒤섞여 울렸다.
이제 막 도착해 가게 안을 기웃거리고 있던 채빈이 소리가 난 쪽으로 고개를 돌렸다. 골목 끝의 전봇대 옆으로 무척 낡은 경승용차가 보였다. 운전석에는 세만이, 조수석에는 재경이 각각 앉아 있었다.
"웬 차예요?"
채빈이 뒷문을 열고 차에 타면서 물었다. 세만이 백미러를 통해 씩 웃어보였다.
"아는 형님 건데 차 바꾼다길래 냉큼 받았지."
"이거 가다가 껌 밟으면 서는 거 아니에요?"
채빈이 차 여기저기를 두리번거리며 물었다. 조수석의 재경이 쿡쿡거리며 웃었다. 세만의 얼굴이 흙빛으로 물들었다.
"겉은 이래도 속은 쓸 만해. 대관령 고개에서 드리프트를 해도 문제없어. 자, 간다!"
부르르릉!
굉장한 소음과 함께 시동이 걸렸다. 세만이 운전대를 잡고 엑셀을 밟았다. 자그마한 차가 골목을 벗어나 대로로 미끄러져 들어갔다.

"와, 시원해. 세만이 형 운전 잘하시네요."

"이 정도 가지고 뭘. 오토에다 경찬데 보글보글 1스테이지 클리어하는 수준이지. 그러고 보니 채빈이 넌 면허 어떻게 됐어? 학원 다니고 있잖아?"

"다음 달 초면 면허증 나올 거예요."

채빈이 창문을 내리고 머리를 내밀었다.

거센 바람이 날아와 채빈의 머리칼을 뒤헝클었다. 무척이나 기분이 좋아서 채빈은 눈을 감고 바람에 몸을 맡겼다. 백미러를 통해 채빈을 보는 재경의 입가에 미소가 번졌다.

"사람 엄청 많네!"

주차를 끝내고 차에서 내린 세 사람은 혀를 내두르고 말았다. 들끓는 인파로 발 디딜 틈조차 없을 정도였다.

세 사람은 한참 동안 줄을 선 끝에 가까스로 자유이용권을 구입할 수 있었다. 들어가기도 전에 땡볕 밑에서 기진맥진해진 그들은 축 늘어진 걸음으로 놀이공원에 들어섰다.

"우와……!"

놀이공원에 들어선 순간 채빈의 입에서 탄성이 터져 나왔다. 화창한 날씨 속에서 각양각색의 놀이기구들이 몸을 뒤흔들며 채빈의 시야를 어지럽히고 있었다.

채빈은 연방 입을 떡하니 벌린 채 갓 상경한 사람처럼 사방을 두리번거렸다. 놀이공원을 시시하게 생각했던 일은 까마득히 잊어버렸다.

"재경 누나! 세만이 형! 빨리 가요, 빨리!"

채빈이 침을 튀기며 재촉했다. 기어이 양손으로 각각 재경과 세만의 팔목을 붙잡고 뛰었다.

"채빈아, 잠깐만! 누나 힐 신어서 뛰기 힘들어!"

세 사람은 놀이공원을 돌면서 닥치는 대로 놀이기구를 타기 시작했다. 거의 걸신들린 듯한 채빈의 주도였다.

채빈에게는 어느 것 하나 시시한 놀이기구가 없었다. 하다못해 회전목마조차도 스릴 넘치기 짝이 없는 것이었다.

"으하하하! 으하하하하!"

동요가 울려 퍼지는 가운데 올라갔다 내려오길 반복하는 목마 위에서 채빈은 웃음을 멈추지 못했다. 곁의 세만과 재경이 벌겋게 달아오른 얼굴을 딴 곳으로 돌리고 있었다.

"와아아아아아아! 야호!"

하지만 역시 채빈에게 가장 재미있는 놀이기구는 롤러코스터였다. 무서운 마음에 망설였던 것은 최초의 단 한 번뿐이었다.

채빈은 내리자마자 바로 뛰어가 연달아 3번을 계속 탔다. 그러고 나서도 정신 못 차리고 4번째 타려고 뛰어가는 걸 세만이 붙잡아 돌려세웠다.

"야, 좀 쉬었다가 타! 롤러코스터가 어디 도망이라도 가냐?"

"그래, 채빈아. 시간 많으니까 천천히 타. 슬슬 점심때도 됐으니까 도시락 먼저 먹자."

"아우……."

채빈은 앉아서도 미련을 버리지 못하고 롤러코스터 쪽을 바라보고 있었다.

재경이 어쩔 수 없다는 듯이 웃으며 탁자 위에 도시락을 늘어놓고 뚜껑을 열었다. 큼지막한 김밥이 정갈하게 줄을 지어 가득 담겨 있었다.

"김밥이네? 누나가 만들었어?"

채빈이 롤러코스터에서 김밥으로 시선을 옮기며 목울대를 울렸다.

"더 맛있는 걸 싸오고 싶었는데 늦잠을 자는 바람에. 미안해."

"뭔 소리야. 김밥이 최고지."

채빈이 너스레를 떨며 김밥 하나를 집어 입에 넣었다. 아직도 따뜻한 김밥은 눈이 휘둥그레 돌아갈 정도로 맛있었다.

"맛 괜찮아?"

채빈이 엄지손가락을 세워 보이며 정신없이 고개를 끄덕였다.

"짱인데? 이거 완전히 마약김밥이야. 뭘 어떻게 해야 이런 엄청난 김밥을 만들 수 있는 거야?"

"호들갑 떨지 마. 천천히 많이 먹어."

재경이 시원한 음료수를 종이컵에 따라주었다. 채빈은 잠깐의 쉴 새도 없이 꾸역꾸역 입에 김밥을 밀어 넣었다.

채빈에게 있어 김밥은 사뭇 남다른 느낌을 주는 음식이었다. 유년의 소풍날을 떠올리면 가장 먼저 따라오는 기억이 김밥이었다.

부모님이 돌아가신 이후로는 한 번도 맛보지 못했다. 아무리 손을 뻗어도 닿을 듯 닿지 않는 노스탤지어처럼, 김밥이라는 음식에 대한 기억은 채빈의 가슴 한구석에 진한 아련함으로 남아 있었다.

'공은효······.'

불현듯 은효의 얼굴이 떠올랐다.

오래 만나지 못했고 챙겨온 사진도 없었다. 하지만 사심없이 맑게 웃는 은효의 얼굴은 여전히 뇌리에 생생하게 남아 있었다.

오늘처럼 푸르렀던 중학생 때의 소풍날.

은효는 새벽녘부터 김밥을 만들어 도시락을 챙겨줬다. 하지만 채빈은 한 입도 먹지 못했다. 모조리 정우에게 무참히 짓밟혔으니까.

기억을 되짚다보니 정우에 대한 분노가 치밀기보다는 그저, 채빈은 궁금했다. 은효가 만들었던 김밥은 과연 어떤 맛이었을까. 재경이 만든 이 김밥만큼 맛있었을까.

"재미있지?"

채빈이 상념에서 깨어나 고개를 들었다. 재경이 담담한 미소로 자신을 바라보고 있었다.

"어, 재밌어."

채빈이 솔직한 감상을 말했다. 놀이공원이 이토록 신나는 장소일 거라고는 생각하지 못했다. 마왕성에서 겪은 놀라운 일들과는 별개로 정말이지 즐거웠다.

"재경 누나."

"어?"

"지금 생각났는데……."

"뭐가?"

"아니, 아무 것도 아냐."

채빈은 부끄러운 마음이 들어 말을 얼버무렸다. 얼마 전에 재경이 물었을 때 답하지 못했던 자신의 꿈이 지금 막 생각난 참이었다.

"사람 궁금하게 왜 그래? 뭔데?"

"아니 그냥, 나중에 말할게."

재경이 심통 난 얼굴로 혀를 쏙 내밀었다.

"만날 나중이야. 말이나 꺼내지 말지."

세만이 게임기를 만지작거리며 중얼거렸다.

"두 분이 참 즐거우신가봅니다. 나는 아주 없는 사람 취급하고."

"세만 씨는 그 게임기나 끄고 말씀하세요. 아주 그냥 계속 '야메떼 야메떼' 소리 거슬려 죽겠어요."

툭탁거리는 재경과 세만을 보며 채빈은 목을 뒤로 젖히고 유쾌하게 웃어댔다. 놀이공원에 와서 즐거운 게 아니었다. 좋아하는 사람들이 곁에 있기 때문이었다.

재경과 세만 앞에서 채빈은 새삼스럽게 다짐했다. 마왕성과 현실 양쪽 모두 평행을 그을 것이다. 어느 한쪽도 소홀히 하지 않고 최선을 다할 것이다. 채빈은 남은 김밥 3개를 한입에 넣고 일어섰다.

"잘 먹었어, 누나. 나 먼저 가서 줄 서 있을게."

"채빈아, 좀!"

천구를 가로지르는 롤러코스터를 향해 뛰면서 채빈은 두 팔을 활짝 벌리고 목을 뒤로 한껏 젖혔다. 살아온 나날들 중 손에 꼽을 최고의 하루는 이제부터 진짜 시작이었다. 놀이공원이 폐장하는 시간까지 채빈은 지칠 줄 모르고 즐거운 시간을 만끽했다.

끼이이익.

현관문이 쇳소리를 내며 열렸다. 컴퓨터 앞에 앉아 온라인 게임을 하고 있던 운디네가 돌아보지도 않고 말했다.

"이제 들어오는 거야?"

"……."

프라이어가 대답하지 않고 신발을 벗었다. 그의 손에는 구겨진 만 원짜리 지폐 3장이 들려 있었다. 온종일 전단지를 돌리고 받은 일당이었다. 그는 책상 위에 돈을 내려놓자마자 본연의 빛 덩어리로 모습을 바꾸어 내려앉았다.

"힘들어?"

운디네가 힐끗 고개를 돌리고 물었다. 프라이어는 빛을 깜박이는 것으로 대답을 대신했다.

인간 형태를 유지하는 동안에는 마나가 소모된다. 특히 물리적인 힘을 발휘할 때에는 마나의 소모량이 급등하는 것이다.

오늘 프라이어는 전단지를 돌리면서 Lv.2의 정령으로서 한계를 경험했다. 전단지를 10장만 더 돌렸더라면 마나가 바닥나서 정령계로 강제소환을 당하게 됐을지도 모른다.

"인간 형태로 움직이기는 아직 힘들지. 레벨이 5정도까지만 되면 별문제없을 거야."

운디네가 키보드를 정신없이 두들기며 말했다. 프라이어

가 몸을 날려 운디네와 모니터의 화면 사이를 가로막았다.

"안 보이잖아! 비켜! 중요한 던전이야!"

—내가 형님께 어떤 마음으로 부탁을 드렸는지 모르는 건가?

"모르면 좀 가만히 있어 줄래? 나도 주인님 위해서 게임하고 있는 거거든? 이거 아이템 왕창 모아서 팔면 다 돈이야!"

—비천한 하급정령 같으니. 물의 정령들은 하나같이 너처럼 본분을 망각하고 무책임한 행동만 하는가?

"똑같은 하급정령 주제에 까불지 마!"

운디네가 파리를 잡듯 손바닥을 내질렀다. 프라이어가 위로 몸을 날려 공격을 피했다. 때맞춰 현관문이 열리면서 채빈이 방으로 들어왔다.

"너희들 뭐하는 거야? 싸워?"

—아닙니다. 어서 오십시오, 형님.

"어, 어서 오세요. 주인님. 후훗."

두 정령이 화들짝 떨어져서 채빈에게 인사했다.

채빈은 멀뚱히 두 정령을 번갈아 쳐다보고는 바닥에 앉아 양말을 벗었다. 프라이어가 어깨 위로 쪼르륵 날아와 채빈에게 보고했다.

—형님, 오늘 저는 전단지를 돌렸습니다.

"뭐?!"

채빈이 양말을 욕실로 넣다 말고 돌아보았다.

프라이어는 채빈의 어깨를 떠나 책상으로 가더니 자신이 번 3만 원 지폐 위를 빙빙 돌면서 말했다.

―인터넷을 샅샅이 훑은 끝에 괜찮은 마스터를 알게 됐습니다. 하루 단위의 의뢰를 이것저것 알선해주는 사람이더군요. 신분증을 요구하지도 않고요. 제 인상이 좋다면서 연락처도 줬습니다.

"와, 진짜 쩐다. 아니, 프라이어 너 도대체……!"

채빈은 도무지 말을 잇지 못하고 계속 더듬거렸다. 3만 원 지폐를 든 그의 두 손이 바들바들 떨리고 있었다.

액수는 중요하지 않았다. 정령이 주인을 위해 익숙하지도 않은 세계에서 일을 하고 돈을 벌어온 것이다. 가슴이 울컥거리면서 무한한 감동이 목젖을 뚫고 올라오고 있었다.

"히, 힘들지 않았어?"

―솔직히 말씀드리자면 지금의 레벨로는 다소 힘듭니다. 인간으로서 움직이는 건 오로지 마나에 의존해야 하니까요. 레벨이 오르면 언젠가는 쉬지 않고 24시간을 일할 수 있게 될 겁니다.

채빈이 고개를 설레설레 내저었다.

"돈이 중요한 게 아냐. 너한테 문제가 생길까 봐 걱정하는 거지."

―문제가 생긴다고 해봤자 정령계로 강제소환당할 뿐입니다. 그곳에서 일정한 시간을 거친 후에는 다시 형님의 소환을 받을 수 있으니 그 부분 역시 심려하지 마십시오.

"아아……. 그건 다행스럽네."

채빈이 안도하며 손 안의 3만 원 지폐를 쓰다듬었다. 프라이어의 노고를 생각하면 도저히 아까워서 쓸 수 있을 것 같지가 않았다.

―참고로 말씀드리자면 내일은 장난감 행사장에서 일합니다. 일당은 6만 원으로 오늘보다 2배입니다.

채빈이 스프링처럼 자리를 박차고 일어났다. 그리고는 손뼉을 치면서 건물이 떠나가라 소리쳐 칭찬했다.

"프라이어! 네가 진짜 최고야! 이 정령의 마스터! 정령의 지배자! 너와의 계약에 수십억 코인이 필요하다고 해도 난 영혼까지 탈탈 털어 계약할 거야!"

―과찬이십니다.

컴퓨터 앞에 앉은 운디네는 모니터로 더욱 바싹 얼굴을 들이밀고 있었다. 당장에라도 채빈으로부터 꾸지람이 날아들 것만 같았다. 마우스를 쥔 손이 딱딱하게 굳어들고 있었다.

다행히 채빈은 딱히 화를 내지는 않았다. 프라이어의 성과와 비교해 놀리거나 면박을 주지도 않았다. 그러나 이어지는 채빈의 행동은 운디네가 자괴감을 느끼도록 하기에 충분한 것이었다.

"프라이어, 운디네. 둘 다 나한테 와. 이제부터는 오늘을 기준으로 일주일에 한 번씩 마나를 나눠줄게."

채빈이 손을 뻗으며 결심한 바를 말했다. 붕어빵 소스 제조량은 약간 줄어들겠지만 그 정도 손해는 아무래도 상관없었다.

"정확히 반씩 나눠서 가져가. 프라이어부터."

두 정령은 차례차례 채빈의 심장에 들어가 마나를 흡수했다. 그리고 결과는 채빈을 놀라게 만들었다. 프라이어의 레벨이 무려 4로 2단계나 상승한 것이었다. 친화력이 높아진 덕택이었다.

"히이잉……!"

그에 반해 운디네는 본래의 모습으로 욕조 속에 들어가 울상을 짓고 있었다. 일취월장한 프라이어와 달리 운디네의 레벨은 그대로 2에 머물러 있었다. 똑같은 양의 마나를 흡수했는데도 친화력이 낮아 큰 효과를 얻지 못했던 것이다.

―형님! 제가 새로운 마법을 획득했습니다!

갑자기 프라이어가 팽창한 빛 덩어리의 몸을 번쩍거리며 스스로에게 감탄한 듯 소리쳤다. 그러더니 휘몰아치듯 허공을 선회한 끝에 채빈의 심장 속으로 파고들었다.

―직접 확인하십시오.

채빈의 머릿속으로 프라이어의 들뜬 목소리가 울렸다. 연이어 프라이어가 습득한 비전이 명확하게 그려지기 시작했다.

〈홀리 애로우(Lv.4)〉
─신성한 빛의 화살을 만들어 적을 공격한다. 언데드 종류의 대상에게 보다 강력한 위력을 발휘한다.

"언데드 속성?"
─대체적으로 죽었다가 되살아난 존재들을 뜻합니다. 독트로스 광산 던전의 몬스터들이 모두 언데드의 속성을 갖고 있습니다.
"아하! 그래? 이거 엄청 쓸 만한 마법이네? 넌 진짜 보면 볼수록 대단한 정령인 것 같아."
─항상 최선을 다할 뿐입니다.
이제 운디네는 완전히 꿔다 놓은 보릿자루처럼 딱한 처지가 되었다. 그녀는 주눅이 들어 아무 말도 못하고 있다가 욕조 물속에 얼굴을 처박고 기포가 부글부글 끓도록 이를 갈았다. 내일부터는 무슨 수를 써서라도 프라이어보다 많은 돈을 벌어올 거라고 각오하면서.

두 정령과의 본격적인 동거가 시작되었다.

이제 채빈은 그들에게 딱히 정령계로 돌아가 있으라는 말을 꺼내지 않았다. 어차피 손님도 찾아오지 않는 집이었다.

두 정령은 수시로 채빈의 방을 드나들면서 채빈의 세계에 적응하는 한편 친화력을 높이기 위한 돈벌이를 계속해 나갔다.

"형님, 오늘은 7만 원을 벌었습니다."

"공사장 일을 했더니 오늘은 8만 원을 주더군요."

"죄송합니다, 형님. 오늘은 좋은 일이 없어 전단지를 돌려 6만 원을 받았습니다."

프라이어는 단 하루도 공을 치는 법이 없었다.

채빈이 일을 보고 집에 돌아오면 항시 책상 위에 하루 벌어 온 일당이 놓여 있곤 했다. 당연한 자신의 의무를 수행하는 듯이 꼬박꼬박 돈을 벌어다주는 것이었다.

운디네도 태도가 일변했다. 프라이어의 소개로 그녀 또한 일일 아르바이트를 시작했다. 그리고 프라이어에 뒤지지 않는 돈을 매일매일 벌어들이고 있었다. 번 돈의 일부가 자꾸 새어나가는 것이 조금 문제라면 문제였지만.

"후후훗, 오늘은 웨딩 알바를 했어요. 하지만 옷이 필요해서 제가 좀 쓰겠어요."

"주인님, 신발이 떨어졌어요. 오늘 골프장 알바비를 좀 써도 되겠죠? 인간 여성으로서 활동하려면 옷이 더 필요해요."

어쨌거나 채빈은 두 정령에게 만족했고 또 익숙해지고 있었다. 평일에는 각자 행동하고 주말에는 두 정령과 함께 던전을 공략했다.

눈 깜짝할 사이에 일주일의 시간이 흘러갔다.

"아우, 오늘은 컨디션이 영 별로네."

방으로 들어선 채빈이 개지 않은 이부자리에 벌러덩 드러누웠다. 독트로스 광산과 동부 지저성 던전을 공략하고 집으로 돌아온 참이었다. 오늘도 보상은 없이 코인만 얻었다.

"자, 마나 흡수 시간이다."

채빈은 지난주와 마찬가지로 두 정령에게 마나를 나눠주었다. 프라이어는 Lv.6으로, 운디네는 Lv.5로 각각 상승했다.

"우후훗, 나에게도 마법이 생겨났어! 주인님, 보시겠어요?"

운디네가 잔뜩 들떠서 재잘거렸다. 오염된 물을 정화시킬 수 있는 퓨리피케이션 마법과 물의 장벽을 만들어내는 워터 스크린 마법이었다.

채빈은 특히 워터 스크린 마법이 반가웠다. 이 마법을 사용하면 칸체레 수도원의 몬스터들이 쏴대는 불화살을 능히 막아낼 수 있을 테니까.

그때였다. 운디네의 말이 잠잠해지기를 기다리고 있던 프라이어가 입을 열었다.

"형님, 저에게도 새로운 마법이 생겼습니다."

"또 생겼어? 뭔데?"

운디네가 볼멘 표정으로 흥, 하고 콧김을 뿜었다. 프라이어는 그녀의 시기하는 눈빛에 개의치 않고 채빈 앞으로 몸을 내밀었다.

"직접 보시지요."

슈우우우욱!

인간 형태의 프라이어가 빛을 발했다. 바로 다음 순간 그의 몸이 3개로 나뉘어졌다. 똑같이 생긴 3명의 프라이어가 채빈을 바라보며 물었다.

"어떻습니까?"

"대, 대단한데? 분신이야?"

채빈이 어안이 벙벙해진 채로 물었다. 프라이어가 자신만만한 웃음을 흘리며 대답했다.

"홀리 이미지 마법입니다. 지금으로서는 3개까지가 최선입니다. 그리고 이것뿐만이 아닙니다."

스스스슥!

3명의 프라이어가 각기 다른 모습으로 탈바꿈했다. 첫 번째는 검은 머리의 황인 그대로, 두 번째는 눈부신 금발의 백인으로, 세 번째는 짧은 곱슬머리를 가진 탄탄한 체구의 흑인으로 변한 것이었다.

"어떻습니까? 마나 소모가 다소 심해지지만 이렇게 각기 모습을 바꿀 수도 있습니다. 형님, 이게 무엇을 의미하는지 아시겠습니까?"

"어? 그, 글쎄."

3명의 프라이어가 동시에 웃으며 말했다.

"저는 이제 더 많은 곳에서 일할 수 있습니다."

"아아……."

"한 명은 전단지를 돌리고 또 한 명은 공사장에서 삽질을 하고 또 한 명은 마트 행사장에서 물건을 판매합니다. 당연히 수익은 몇 배로 불어나게 되겠지요."

이쯤 되자 채빈은 도저히 입이 떨어지질 않았다. 이런 위대하기 짝이 없는 정령이라니. 채빈은 가만있지 못하고 튕기듯이 일어나 3명의 프라이어를 한꺼번에 끌어안았다.

바로 다음날이 되자마자 채빈은 인터넷 뱅킹을 통해 '정령 적금'이라는 명칭으로 자유적금 계좌를 개설했다. 두 정령이 벌어들이는 돈을 한 푼도 빠뜨리지 않고 적금으로 모을 생각이었다. 생활은 붕어빵 소스값만으로도 충분하니 무리가 없었다.

'더 미루지 말고 오늘 스쿠터를 사자.'

안 그래도 갖고 싶었던 스쿠터였다. 면허증을 따고 난 지금에 이르러서는 더욱 갖고 싶어 견딜 수가 없었다.

스쿠터를 구입하면 요긴하게 쓰일 건 분명했다. 집의 위치는 외곽인 데다, 매주 재경의 가게로 소스를 가져다주는 일도 솔직히 피곤했다. 거기까지 생각한 채빈은 당장 사러 나가기로 마음을 먹고 채비를 서둘렀다.

"운디네, 오늘은 안 나가?"

채빈이 셔츠를 입으며 물었다. 운디네는 컴퓨터 앞에 앉아 이런저런 일간 뉴스를 클릭하고 있었다. 프라이어는 꼭두새벽부터 일을 하러 나가고 없었다.

"행사장 알바가 취소됐어요."

대답하는 운디네의 목소리에 힘이 없었다. 어쩐지 측은하다는 느낌에 채빈이 위로를 건넸다.

"하루쯤 쉬어. 무리하지 말고."

운디네가 볼멘 얼굴로 돌아보았다.

"주인님의 말씀은 인간의 기준이랍니다. 이 운디네는 주인님을 위해서 봉사해야 삶의 기쁨을 느낄 수 있단 말이에요."

채빈은 속으로 혀를 끌끌 찼다. 그런 주제에 저토록 옷을 산더미처럼 사들였냐고 따지고 싶었지만 꾹 참으며 돌아섰다.

등 뒤에서 운디네의 말이 이어지고 있었다.

"어떻게든 괜찮은 일거리를 만들어 볼 테니까 너무 심려치

마세요."

"전혀 심려한 적 없으니까 신경 쓰지 않아도 돼."

"절 대하는 주인님의 가슴은 얼음처럼 차갑군요."

"이상한 소리 말고 문단속이나 잘해. 아무나 문 열어주면 안 돼. 간다."

"조심히 다녀오세요."

집을 나선 채빈은 사거리를 향해 걸음을 재촉했다. 오가면서 보아 두었던 오토바이 매장이 그곳에 있었다.

어느덧 5월이 되어 날씨는 화창했다.

조금 빠르게 걷다 보니 등줄기에 땀이 흐르고 있었다.

스쿠터가 있었다면 땀이 흐르기는커녕 머리가 뽑혀나갈 정도로 시원할 텐데. 채빈은 더더욱 스쿠터를 갈망하며 걸음을 빨리 했다.

"어서 오세요."

나이 지긋한 중년의 주인이 입에 물고 있던 담배를 비벼 끄고 채빈을 반겼다. 채빈은 쭈뼛거리며 목례한 다음 넓은 매장을 찬찬히 둘러보았다.

"뭐 찾으시는 거 있습니까?"

"125cc 스쿠터를 사려고 하는데요. 일단 잘 모르니까 구경 좀 할게요."

"그러십시다. 궁금한 거 있으면 언제든 물어봐요."

"고맙습니다."

채빈은 천천히 매장을 거닐며 각양각색의 스쿠터들을 구경했다. 직접 올라타 승차감을 확인해보기도 하면서 하나의 스쿠터도 빠뜨리지 않고 신중하게 살폈다.

"사장님, 이 스쿠터 괜찮은가요?"

매장을 3바퀴 돈 끝에 채빈이 스쿠터 하나를 가리키며 물었다. 하늘색 유광의 클래식하면서도 멋스러운 스쿠터였다. 솔직히 처음 매장에 들어왔을 때부터 눈에 확연히 들어온 스쿠터이기도 했다.

다른 스쿠터를 수리하고 있던 주인이 스패너를 내려놓고 다가와 설명했다.

"2012년식 페스비입니다. 편하게 타시기 좋죠. 가성비야 정평이 나 있으니까 더 설명해드릴 것도 없어요."

"그래요?"

"저기 컴퓨터에 인터넷 있으니까 한 번 검색해 보시거나."

"감사합니다."

채빈이 소파 테이블 위의 컴퓨터로 스쿠터를 검색했다. 얼마간 검색해 보니 대체적으로 평가가 주인의 말과 다르지 않았다. 채빈은 내친 김에 최저가까지 확인한 다음 자리를 털고 일어섰다.

"사장님, 얼마까지 주실 수 있어요?"

"으음, 어디 보자……."

주인이 목을 벅벅 긁으며 스쿠터를 잠시 바라보았다. 이내 시선을 채빈에게로 옮기며 짤막하게 말했다.

"현금으로 160만 원."

"좀 더 깎아주시면 안돼요?"

주인이 기가 차다는 얼굴로 컴퓨터를 가리켰다.

"검색해 볼 만큼 해보고 오지 않았어요?"

"알았습니다. 그 가격으로 살게요."

채빈의 납득으로 흥정은 쉽사리 끝났다. 검은 색상을 원했기에 며칠 있다가 받으러 오기로 구두 약속을 한 다음 채빈은 매장을 나섰다.

'이제 뭐하지?'

날이 화창해서 바로 집에 돌아가고 싶은 마음이 들지 않았다.

채빈은 대형서점에 들러 소설책을 몇 권 구입하고 재경의 가게에 들렀다. 그곳에서 떡볶이와 오뎅으로 점심을 해결하고 한참 동안 세만의 애니메이션 예찬론을 들어준 다음 저녁이 되어 집으로 돌아갔다.

집에 와 보니 여전히 운디네 혼자서 컴퓨터 앞에 앉아 있었다. 채빈이 신발을 벗고 들어서며 물었다.

"프라이어 아직 안 왔어?"

"쉬잇!"

운디네가 심각한 얼굴로 돌아보며 입술에 손가락을 들이대 보였다. 그러더니 채빈에게 벽으로 붙으라는 손짓을 했다. 채빈은 영문도 모르고 컴퓨터를 피해 한쪽 벽으로 바싹 붙었다.

'뭐하는 거야?'

채빈이 목소리를 내지 않고 입모양만으로 물었다. 슬쩍 화면을 보니 운디네는 자신의 얼굴을 캠으로 비추며 인터넷 방송을 하고 있는 중이었다.

"어머, 어머! 여러분, 죄송해요. 오빠가 집에 돌아와서 5분만 휴식할게요. 잠시 후에 다시 만나요. 쪼옥!"

운디네가 간드러진 목소리로 간접 키스까지 날리더니 캠을 껐다. 채빈이 비로소 그녀 옆으로 다가가 앉으며 물었다.

"아프리카? 이거 무슨 방송하는 사이트야?"

운디네가 배시시 웃으며 고개를 끄덕였다.

"네, 맞아요. 후후훗, 주인님 명의로 가입했어요. 이제부터 놀라서 심장이 멎지 않도록 마음의 준비를 해두세요."

"무슨 마음의 준비?"

운디네가 화면 한 곳으로 손을 뻗었다.

가늘고 긴 그녀의 손가락 끝이 채팅창에 뜬 한 줄의 문장을 가리키고 있었다.

―샤유님이 별풍선 30개를 선물하셨습니다.

"이게 뭐야? 별풍선?"

"주인님도 참! 어떻게 자신의 세계에서 정령인 이 운디네보다 도태되신 건가요? 제가 개설한 방에 들어온 손님이 저에게 별풍선 30개를 선물한 거랍니다. 이 별풍선 1개에 100원이에요."

"1개에 100원? 현금으로?"

"조금 더 정확히 말씀드리자면 1개에 70원이에요. 30원은 이 사이트에서 가져가니까요. 즉, 이 30개의 별풍선은 2,100원의 돈이 되는 거죠. 후후훗."

채빈은 놀라서 뒤로 나앉아 입을 벌렸다.

운디네가 요염한 웃음을 흘리며 교태를 부리듯이 말했다.

"이 운디네의 미모가 워낙 출중하니까요. 방을 개설하고 1시간도 되지 않아 이토록 많은 손님들이 찾아들었답니다. 후후훗, 이제부터 저의 진가를 확인하세요. 자세는 낮추시고 목소리는 절대로 내시면 안돼요."

"아, 알았어."

채빈이 고분고분 몸을 낮추고 숨을 죽였다. 곧이어 운디네가 캠을 켜고 방송을 재개했다.

"어머나, 오빠들! 오래 기다리시게 해서 미안해요! BJ 운디네가 돌아왔어요! 깜찍한 짓! 예쁜 짓! 우후후후훗!"

위대한 정령들 217

채빈은 반쯤 얼이 나간 채로 애교를 부리며 쇼하는 운디네를 멍하니 올려다보고 있었다. 화면의 채팅창은 난리도 아니었다.

─도객님이 별풍선 45개를 선물하셨습니다.
─베로스님이 별풍선 100개를 선물하셨습니다.
─고기공님이 별풍선 80개를 선물하셨습니다.
─새벽님이 별풍선 25개를 선물하셨습니다.
─소보루님이 별풍선 30개를 선물하셨습니다.
─화룡님이 별풍선 50개를 선물하셨습니다.
─달걀조각님이 별풍선 30개를 선물하셨습니다.

효과음이 연신 터지면서 너도나도 운디네에게 별풍선을 쏴대고 있었다.
지켜보고 있는 채빈의 머릿속에서 계산기가 저절로 작동하고 있었다. 지금 잠깐 본 것만 해도 별풍선이 총합 360개! 돈으로 환산하면 2만5,200원! 입이 다물어지지 않는 와중에도 별풍선 선물은 기세 좋게 이어지고 있었다.

─고기친구놀자:허억허억, 누나. 날 가져요!
─새벽:흠, 좀 아름다운 걸. 이제부터 줄곧 애정 어린 눈으

로 지켜보겠어!

—베로스:나는 평생 이렇게 아름다운 아가씨와 데이트 한 번 할 수 없겠지······.

—소보루:님 때문에 제 취향이 글래머한 미녀로 바뀌고 있습니다.

—로쉬크:와 진짜 쩐다. 님 치대생 관심없음?

채팅창은 그야말로 광란의 도가니였다. 난데없이 등장한 물빛 머리칼의 미녀에게 수많은 남자 회원들이 홀라당 빠져든 것이다.

"우후후훗, 오빠들 과분한 칭찬 감사 감사! 이건 서비스! 으흥!"

운디네가 입에 머리카락을 물고 요염하게 윙크를 건넸다. 채빈은 기가 막히면서도 가슴 깊이 감탄했다. 인간들을 상대로 방송을 하고 있는 운디네의 모습은 영락없는 인간이었다.

방송은 프라이어가 돌아올 때까지 30분 정도 계속되었다. 그리고는 뒤늦게 호기심 어린 눈으로 끼어든 프라이어 앞에서 마우스를 클릭해 화면을 바꿨다.

"자, 보세요. 오늘은 방송을 얼마 하지 않아서 수입이 좀 적어요."

운디네가 오늘 하루 방송하고 얻은 별풍선의 숫자가 화면 가운데 떠올라 있었다. 총합 5,871개. 현금으로 환산하면 41만970원. 채빈은 이제 소름이 돋기까지 했다.

"후후, 프라이어. 너는 오늘 얼마를 벌었니? 3개의 몸으로 '육.체.노.동.'을 뛰어서 말야."

운디네가 놀리듯이 물었다. 프라이어는 굳은 얼굴로 주머니의 돈을 꺼내 채빈에게 내밀며 말했다.

"오늘은 23만 5천원입니다. 죄송합니다, 형님."

프라이어는 운디네를 의식하고 채빈에게 사과를 하고 있었다. 그가 지금까지 보여준 노고를 충분히 알고 있는 채빈으로서는 이 상황이 민망했다.

채빈이 손사래를 치며 말했다.

"죄송하긴 뭐가 죄송해? 돈의 액수가 중요한 게 아니야. 한 푼도 벌지 못한다고 해도 괜찮으니까 이상한 소리하지 마."

"듣기 좋게 위로해주셔서 감사합니다, 형님. 하루빨리 레벨을 올려서 더 많은 홀리 이미지를 만들어낼 수 있도록 애쓰겠습니다."

"듣기 좋은 말이라니! 난 너희들이 날 위해서 이렇게 움직여주는 거 자체가 기쁘다니까?"

운디네가 채빈의 앞으로 슬금슬금 다가와 양팔을 활짝 벌렸다.

"그럼 안아주세요, 주인님."

"아니 그건 됐고 좀……. 우왓."

운디네가 다짜고짜 채빈을 끌어안았다. 정령임에도 불구하고 인간 여자처럼 향긋한 체취가 밀려와 채빈의 코를 자극했다.

"어머, 주인님. 느끼셨어요? 지금 주인님과 저의 친화력이 대폭 상승했어요! 이 운디네는 느낄 수 있어요!"

"아, 어. 그렇다면 다행이고."

채빈의 입가에서 웃음이 피식피식 터져 나왔다. 아무래도 이 두 정령은 빛이나 물보다는 돈의 정령에 가까울 듯했다.

'이 기세가 계속 유지된다면……!'

채빈은 희망에 부풀어 앞으로 계속될 수익을 계산해 보았다. 두 정령의 수입을 합쳐 하루에 최소 60만 원으로 가정해도 1주일이면 420만 원의 돈이 된다. 다시 1개월이면 1680만 원, 1년이면 2억160만 원이라는 거금이 되는 것이다.

무엇보다도 이건 어디까지나 최소의 기준으로 계산한 결과일 뿐이다. 정령들의 능력에 따라 변수는 얼마든지 있다. 늘어났으면 늘어났지 줄어들 일은 결코 없을 것이다.

'정령적금 대박! 완전 대박!'

살고 있는 집값 14억2,000만 원을 모을 날이 몹시 가까워진 느낌이었다. 채빈은 가슴이 벌렁거릴 정도로 좋아하다가 문득 생각나는 바가 있어 프라이어에게 물었다.

"프라이어, 내가 다른 정령들과 더 계약할 수도 있나?"

"물론 가능하십니다. 하지만 그만큼 마나의 분배가 심해지는 데다 제어하기에도 어려움이 따를 겁니다. 일단은 형님의 마나를 늘리시는 게 급선무라고 봅니다."

"으흠, 알았어."

채빈이 납득하고 고개를 주억거렸다. 지금도 충분히 눈이 돌아갈 정도로 많은 돈을 벌어들이고 있으니 다른 정령과 추가로 계약하는 일은 얼마간 미루기로 했다.

'꿈만 같아.'

잠자리에 누워서도 오래도록 잠이 오질 않았다. 이토록 많은 돈을 벌어들이고 있다는 사실이 도무지 실감이 나질 않는 것이었다. 숙자에게 갖은 모욕과 멸시를 당하며 가난하게 살아왔던 지난날들이 꿈만 같았다.

채빈은 창틀에 몸을 걸친 빛 덩어리 상태의 프라이어와 책상 위에서 욕조에 몸을 담근 채 잠든 자그마한 운디네를 차례차례 바라보았다. 충만한 뿌듯함으로 혼자 실실 웃던 채빈은 이내 정령들을 따라 기분 좋은 잠 속으로 빠져들었다.

"어, 재경 누나. 미안해. 다음 주부터는 이런 일 없도록 할

게. 아니, 미안한 건 미안한 거지. 알았어. 나중에 봐."

채빈이 한숨을 내쉬며 전화를 끊었다. 재경에게 거짓말을 한 참이었다. 지방에서 소스를 보내오던 형이 문제가 생겨서 이번 주엔 소스를 줄 수 없다고 말한 것이었다.

이유는 정령들 때문이었다.

칸체레 수도원 던전에 입장하기까지 정확히 7일 남았다. 이 기간 동안 매일매일 정령들에게 모든 마나를 제공해서 집중적으로 레벨을 올릴 계획이었다.

"생각만큼 팍팍 안 오르네."

사나흘 정도가 지났을 때 채빈이 중얼거렸다.

프라이어와 운디네 둘 다 Lv.9를 기록하고 있었다. 레벨이 오를수록 필요한 마나양도 기하급수적으로 상승하고 있기 때문이었다. 친화력으로 때울 수 있는 단계는 이미 훌쩍 넘어섰다.

"형님의 마나가 2서클이 되기 전에는 이 이상 레벨을 올리기가 어려울 것 같습니다."

프라이어가 곤혹스러워하는 채빈에게 말했다. 그 말을 들으며 채빈은 칸체레 수도원을 향한 공략 의지를 새삼스럽게 곱씹었다.

더디게 오르는 레벨 문제와는 달리 두 정령의 돈벌이 능률은 하루가 다르게 올라가고 있었다.

일단 프라이어는 Lv.9가 되면서 기존 3개였던 홀리 이미지의 분신을 6개까지 늘리는 데에 성공했다. 저마다 다른 6명의 프라이어는 매일매일 전단지를 돌리고 행사장에서 물건을 팔고 청소를 하는 등 여기저기에서 적지 않은 액수의 일당을 벌어왔다.

운디네의 인터넷 방송 역시 수입이 나날이 상승곡선이었다. 6개로 몸을 늘린 프라이어의 수입에도 전혀 뒤떨어지지 않았다. 'BJ운디네'가 실시간 인기검색어에 등록되는 경우도 비일비재했다. 각종 연예기획사로부터 한 번 연락을 달라는 메일도 종종 들어오고 있었다.

그럼에도 불구하고 운디네는 만족하지 못했다. 무엇인가 확실한 한 방이 필요하다며 미모 이외에 사람들의 시선을 끌 아이템을 궁리하고 있는 것이었다.

칸체레 수도원 던전이 개방되기 하루 전 날. 채빈은 인터넷 뱅킹에 접속해 정령적금을 확인했다.

₩ 11,423,110

고작 3주 동안 두 정령이 벌어들인 돈이 벌써 1,100만 원을 육박하고 있었다.

채빈은 기쁨에 겨워 어쩔 줄을 모르고 속으로 신음을 흘리다가 방 안을 돌아보았다. 던전 공략을 앞둔 두 정령은 곤히 잠들어 있었다.

    채빈은 주인이라는 점도 망각하고 두 정령에게 절을 올렸다. 창밖으로 보이는 밤하늘의 초승달이 웃고 있었다.

제7장 눈부신 보상

이계
마왕성

"감사합니다. 수고하세요."

"네, 안녕히 가세요."

채빈이 혼잡한 인파를 헤치고 마트를 나섰다.

손에는 방금 구입한 가방이 들려 있었다.

던전의 전리품을 담을 용도로 마련한 가볍고 튼튼한 백팩이었다.

'밥을 먹고 갈까.'

손목시계를 보며 채빈은 생각했다.

칸체레 수도원 던전은 공략하기까지 시간이 얼마나 걸릴

지 알 수 없었다. 든든하게 밥을 먹어두고 도시락도 준비해가는 편이 좋을 듯했다.

채빈의 걸음은 자연스레 재경의 가게로 향하고 있었다. 놀이공원에 다녀온 이후로 무슨 일인지 재경은 김밥을 메뉴에 포함시켰다. 감칠맛 나는 김밥을 떠올리자 채빈은 벌써부터 목으로 침이 꿀꺽 넘어갔다.

"어머, 채빈아."

재경이 김밥을 말다 말고 반갑게 웃었다. 세만은 귀에 이어폰을 꽂은 채 테이블을 행주로 닦으며 낄낄거리고 있었다.

"세만이 형 왜 혼자 웃고 저래?"

채빈이 김밥 한 줄을 통째로 집어 들며 물었다.

"무슨 일본 만담? 하여간 그거 듣는 중이래. 특이해."

채빈이 의자를 빼고 앉았다. 그제야 세만이 알아보고 귀에서 이어폰을 뺐다.

"뭘 그렇게 재밌게 들어요?"

"별거 아냐. 채빈이 너 마침 잘 왔다."

"네? 왜요?"

"요즘 따로 하는 거 없으면 알바 하나 할래?"

"무슨 알바요?"

세만이 맞은편 의자를 빼고 앉았다. 재경의 눈치를 슬쩍 보더니 손가락으로 바닥을 가리키며 속삭이듯 말했다.

"이 빌딩 지하에 작업장 있거든."

"작업장?"

"돈 되는 게임 이거저거 돌리는 거야. 템 팔고 하면서. 왜, 몰라?"

"아……. 자세히는 모르고 들어본 적은 있어요."

"아는 형님이 하시는 건데 사람이 없어서. 고정급으로 월 140인데 생각 없어?"

채빈이 잠시 생각한 끝에 대답했다.

"저는 어렵겠고요. 아는 친구가 있는데 한 번 물어볼게요."

프라이어를 떠올리고 한 말이었다. 매일같이 다른 일을 구하는 것도 나름 일일 것이다. 피곤하게 여기저기 전전하는 것보다는 한 군데에서 일하는 게 훨씬 편할 터였다.

"몇 명이나 구하는데요?"

"많을수록 좋아. 컴이 80대니까."

"엄청나네. 알았어요. 조만간 물어보고 말씀드릴게요."

"그래, 그럼. 아우, 배야."

세만이 아랫배를 부여잡고 일어서고 있었다.

"왜 그러세요?"

"이상하게 배가 아프네. 아까 녹즙 아줌마가 장에는쥐쥐 샘플을 주길래 받아먹었거든. 그거 때문에 그런가. 어? 크익,

왜 이러지?!"

세만이 급격하게 표정을 뒤틀며 돌아섰다. 출입구를 나서는 그의 등 뒤로 재경이 말했다.

"2층 화장실 고장 나서 아침에 수리 들어갔어요."

"뭐요?!"

새하얗게 질려 돌아보는 세만의 얼굴에서 자아가 붕괴되고 있음이 보였다. 재경이 김밥을 말던 손을 들어 골목 너머의 주유소를 가리켰다.

"주유소 화장실 가셔야죠. 제일 가깝잖아요."

"아으… 진짜 30초도 못 견딜 거 같은데……! 끄으으윽!"

세만이 게거품을 물기 직전의 얼굴로 힘겹게 문을 열었다. 엉덩이에 바싹 힘을 준 채 오리처럼 뒤뚱거리며 걸어가는 그를 보고 재경과 채빈이 동시에 웃음을 터뜨렸다.

"누나, 나도 일 있어서 이만 갈게. 잘 먹었어."

채빈이 김밥 두 줄을 호일에 싸서 챙겨 들고는 돈을 꺼내놓았다. 재경이 정색을 하고 고개를 내저었다.

"돈은 무슨 돈이니?"

"무슨 돈이긴. 김밥 사먹은 돈이지."

"됐으니까 얼른 집어넣어."

"장사는 바로 해야지. 이렇게 다 퍼주면 언제 남길 건데? 간다."

"채빈아!"

채빈이 돌아보지 않고 손을 머리 위로 흔들어 보였다. 재경은 쓴웃음을 지으며 지폐를 집어 앞치마 주머니에 넣었다.

바로 그때였다.

출입문이 열리며 비둘기색 작업복을 입은 중년의 남자 2명이 가게 안으로 들어왔다.

"어서 오세요."

재경이 살갑게 인사를 건넸다. 두 남자는 들은 척도 하지 않고 한쪽의 탁자로 가 의자를 거칠게 빼고 앉았다.

"아가씨, 여기 뭐가 맛있어?"

남자가 다짜고짜 반말로 물었다. 본디 수더분한 천성의 재경은 불쾌함을 억누르고 담담한 어조로 대답했다.

"다 맛있어요. 김밥도, 오뎅도, 떡볶이도……."

"하나씩 다 줘."

남자가 재경의 말을 중간에 자르며 말했다. 재경이 잠시 머뭇거린 끝에 조심스레 물었다.

"죄송한데 제가 잘 못 들어서요. 전부 다 1인분씩 달라는 말씀이세요?"

스포츠 신문을 펼쳐들던 남자가 별 천치를 다 보겠다는 눈빛으로 재경을 보며 다그쳤다.

"귓구멍 막혔어? 한 번 말하면 좀 알아들으라고!"

"죄, 죄송합니다. 금방 해드릴게요."

재경의 등 뒤에서 남자가 혀를 끌끌 찼다. 재경은 음식을 준비하는 한 편 주유소의 화장실 쪽을 초조한 눈빛으로 바라보았다. 세만이 함께 있다면 든든할 텐데.

"나왔습니다. 맛있게 드세요."

재경이 식탁 위에 음식들을 내려놓았다. 두 남자 중 하나가 쓱 내려다보고는 신문을 돌돌 말아 탁자를 탁탁 내리쳤다.

"아가씨, 이게 뭐야?"

"네? 주문하신 그대로 아닌가요?"

"누가 빨간 떡볶이 달래? 짜장 떡볶이로 가져와."

"죄송하지만 짜장 떡볶이는 없는데요."

"뭐라고? 없으면 진작 없다고 말을 해줬어야 할 거 아냐! 우리가 호구로 보여?"

"아, 아니요……! 그런 게 아니라, 보통 떡볶이라고 하면 기본적인 걸 생각하니까……."

쾅!

재경의 말이 채 끝나기도 전에 남자가 주먹으로 테이블을 거칠게 내려쳤다.

"즉 그 말은 우리는 똥과 된장도 구분할 줄 모르는 좆병신 찌질이들이다?!"

"무, 무슨 말씀이세요! 그런 게 아니에요!"

손님들이 억지를 부리고 있다는 사실은 재경도 진즉에 눈치를 챘다. 다만 무섭고도 당황스러워 어떻게 대처해야 할 지 몰라 허둥거리고 있을 뿐이었다.

"오뎅도 꼬치를 다 빼서 국물에 말아놨네? 이렇게 퍼진 걸 어떻게 처먹으라는 거야? 이런 좆같은 오뎅!"

남자가 오뎅이 담긴 그릇을 번쩍 들더니 한쪽 벽으로 내던졌다. 벽에 부딪친 그릇이 산산조각나면서 오뎅과 국물이 사방으로 튀었다.

"꺄아악! 다, 당신들… 신고할 거예요!"

재경이 부들부들 떨면서 핸드폰을 들었다.

두 남자가 서로를 바라보며 껄껄 웃었다.

"신고? 우리가 무슨 짓을 했는데? 주문한 대로 음식이 안 나와서 조금 따진 거랑 오뎅 좀 흘린 게 신고씩이나 당할 문제인가?"

"흐, 흘리다니요! 손님이 직접 들고 벽으로 내던졌잖아요!"

"흐, 흘리다니요! 낄낄낄!"

남자가 과장된 표정으로 재경의 말을 따라하며 빈정거렸다. 재경의 두 눈가가 눈물로 젖어들고 있었다.

"이봐, 아가씨."

두 남자가 재경에게로 한 걸음 다가섰다.

재경이 흠칫 몸을 떨며 그만큼 뒤로 물러섰다. 막다른 벽을 등지고 선 그녀에게 두 남자가 킬킬거리며 말했다.

"세상엔 상도의가 있는 법이야. 이 정도면 무슨 말하는지 알겠지?"

"가, 갑자기 무슨……!"

"남의 밥줄을 빼앗으면 곤란하지. 좆 빠지게 일해도 입에 풀칠하기 힘든 세상이잖아. 아가씨만 힘든 인생 사는 것도 아니고 말이야. 안 그래?"

비로소 재경은 짐작이 가는 데가 있었다.

상가연합과 관련이 있는 자들이 분명했다. 종문과 현삼의 음험한 얼굴이 떠오르자 재경의 등골이 서늘해졌다.

"당신들 사, 상가연합 사람들이죠?"

"상가연합? 그게 뭐야? 먹는 건가?"

두 남자가 발뺌하며 담배를 꺼내 물었다. 재경이 울분을 느끼고 눈을 질끈 감으며 소리쳤다.

"거짓말하지 마요! 장사 방해하려고 이런 짓까지 하는 건가요? 그 나이 먹고 창피하지도 않아요?"

재경의 말이 자존심을 건드렸다. 남자가 입에 물었던 담배를 부러뜨리고는 험악하게 얼굴을 구기며 한 손을 치켜들었다.

"이런 쌍년이 보자보자 하니까."

바로 그 순간.

"뭐하는 거요, 당신들!"

세만이 고함을 내지르며 가게 안으로 뛰어들었다. 화장실에서 나오는 길에 소란을 보고 뛰어오느라고 벨트도 제대로 매지 못한 상태였다.

"당신은 또 뭐야? 괜히 끼어들지 말고 가서 댁 볼일이나 봐."

"나 여기 직원입니다."

"허? 직원? 이런 쥐젖만 한 가게에 무슨 직원이 필요하지? 아니면 저 아가씨 기둥서방인가?"

"푸하하하하하!"

세만이 두 주먹을 불끈 쥐었다. 재경이 새파랗게 질린 얼굴로 세만을 가로막고 도리질을 쳤다.

"참아요, 세만 씨. 싸우지 말아요."

"크으……!"

세만이 이를 빠드득 갈며 두 남자를 노려보았다. 끝내 그는 재경의 말을 들어 쥐었던 주먹을 폈다. 그리고 바닥에 엎질러진 오뎅 그릇을 집기 위해 자세를 낮췄다.

바로 그 순간.

빠각!

"푸학!"

한 남자가 세만의 얼굴에 대고 발길질을 날렸다. 세만은 오뎅 그릇과 함께 빙글 돌아 국물로 질펀해진 바닥에 쓰러졌다.

"야, 우리 딴 데 가서 먹자. 가게 좆같네."

"그러게 말이야. 비켜."

두 남자는 쓰러진 세만의 몸을 일부러 꾹꾹 밟으며 출입문으로 향했다. 세만은 고통으로 몸을 뒤틀며 쥐어짜는 듯한 신음을 터뜨렸다.

"세만 씨! 괜찮아요?! 세만 씨!"

두 남자가 나간 뒤 재경이 세만을 부축했다. 세만은 핏줄이 올라온 얼굴을 부들부들 떨면서도 힘겹게 고개를 끄덕이고 있었다.

"흐으… 괘, 괜찮아요. 사장님은 다친 데 없습니까?"

"저는… 저는 아무렇지도 않아요. 미안해요 세만 씨, 정말 미안해요……. 으흐흑!"

"사장님이 왜 저한테 미안해합니까."

세만이 상체를 일으키고 앉아 재경의 어깨를 다독였다. 재경은 무릎을 꿇은 채 오래도록 몸을 흔들며 흐느꼈다. 먹고 사는 일 하나만으로도 이토록 흉한 꼴을 봐야 하는 세상이 한없이 싫었다.

한편, 채빈은 가벼운 옷차림으로 갈아입은 다음 지하 창고를 통해 마왕성으로 이동한 참이었다.

"오셨습니까, 형님."

마왕성에서 대기하고 있던 프라이어와 운디네가 채빈에게로 다가왔다. 채빈은 빅터 파우스트와 3단봉으로 무장하고 김밥이 든 가방을 등에 메고 던전관리소로 향했다.

'으음······.'

던전관리소로 들어선 채빈은 지도를 향해 손을 뻗었다가 도로 거두고 생각에 잠겼다. 막상 던전에 들어서는 순간이 오자 현실적인 감각이 되살아나기 시작했던 것이다.

채빈은 입맛을 다시며 활성화된 칸체레 수도원 던전을 바라보았다. 스크롤을 찢어 도망쳐 온 이래 줄곧 불태워왔던 전의가 사라지고 없었다.

채빈은 돌아서서 프라이어와 운디네를 돌아보았다. 비록 Lv.9가 되었다지만 실전을 제대로 겪은 적은 아직까지 한 번도 없었다. 게다가 능력에 있어서도 아직은 100% 신뢰할 단계가 아니었다.

객관적으로 생각해서 당장 칸체레 수도원 던전을 공략해야 할 이유가 없었다. 상위등급의 보상을 하루빨리 얻고 싶은 마음에 서둘렀을 뿐이었다.

채빈은 그 점을 분명히 상기하고 결정을 내렸다.

"칸체레 수도원은 대비책이 생기기 전까지 미뤄야겠어."

채빈이 생각한 바를 정령들에게 말했다.

프라이어는 물론이고 얼마간 놀릴 줄 알았던 운디네도 군말없이 채빈을 이해해주었다.

"당연해요, 주인님. 목숨이 가장 소중하죠. 대비책도 없이 무턱대고 덤비는 건 용기가 아니라 만용이니까요."

"저도 무조건 형님 의견에 찬성입니다. 귀환 스크롤을 얻을 때까지는 안전한 던전만 공략하는 게 좋겠어요."

결국 평소와 다름없는 던전 공략이 시작되었다.

채빈은 졸린 얼굴로 독트로스 광산에 진입했다. 습관적으로 벽을 헤집어 코인을 획득하고 광차를 달렸다. 출구지점에 도착해 몬스터들과 싸울 땐 몸에서 기력이 다 빠졌다.

"빌어먹을."

채빈은 오늘도 텅 빈 보상상자를 등지고 독트로스 광산을 빠져나왔다.

"지겨워. 내가 반복적인 노가다를 싫어해서 온라인게임도 안 하는 건데."

채빈이 가져온 코인을 마왕성 책상에 거칠게 쏟아부으며 툴툴거렸다. 색다른 변수가 없는 던전을 공략하는 건 이루 말할 수 없을 만큼 지루한 고문이었다.

그러나 세상일은 역시 아무도 모르는 법이었다.

심사가 뒤틀려 있던 채빈에게 소소한 행운이 찾아왔다. 어쩌면 준비된 그를 위한 마왕성의 작은 선물인지도 모르는 일이었다.

"나이스!"

동부 지저성 던전 공략을 끝내고 올라와 보상상자를 열어젖힌 참이었다. 십중팔구 텅 비어 있을 거라고 생각하고 기대 없이 열었는데 이게 무슨 일인가. 보기에도 탐스러운 축령구 하나와 장비 레시피 하나가 들어 있는 것이었다.

〈상자 보상 안내〉

1. 사령검 레시피
—종류:8등급 무기 레시피
—산지:천화지 대륙
—설명:공작소에서 사용 가능
—요구조건:없음

2. 붉은 축령구
—종류:축령구
—산지:천화지 대륙
—설명:14면체의 주사위. 머리 위 높이로 던져서 사용한다. 땅에 떨어진 순간 윗면에 숨겨져 있던 보상이 주어진다.
—요구조건:없음

채빈은 감격스러워 눈물이 다 나올 것 같았다. 그랬다. 이 맛에 아무리 지겨워도 똑같은 던전 공략을 반복했던 거다.

채빈은 무엇을 먼저 확인할까 고민한 끝에 공작소로 달려갔다. 제작의 장 레버를 당기고 제단 위에 사령검 레시피를 올려놓았다. 전면부의 사각광판에서 빛이 흘러나오는 것과 동시에 화면이 갱신되었다.

〔사령검〕

종류:무기 　　　　　　　　등급:B등급
방식:내공연동형　　　　　　공격력:10~15
착용제한:10년 이상의 내공
부가효과:공격한 상대의 내공을 5% 삭제

물품설명:북천동(北天洞)의 사령노괴(死靈老怪) 허요(許曜)가 제련한 검. 가볍고 다루기 쉬워 일격의 위력은 약한 반면 다양한 검술의 초식을 폭넓게 구사할 수 있다. 무기를 강화하면 공격한 대상의 내공을 제어하는 다양한 능력이 추가된다.

제작비용:75코인

설명을 다 읽고 난 채빈은 챙겨온 3단봉을 눈앞으로 치켜들었다. 그리고는 지난날의 크고 작은 전투들을 떠올리며 작별을 고했다. 큰맘 먹고 구입했던 나의 두랄루민 3단봉이여, 이젠 안녕.

제작비용 95코인이 제단의 투입구로 삼켜졌다. 채빈이 제작 레버를 힘껏 당기자 제단 전체가 빛에 휩싸이며 몸을 떨었다. 잠시 후 빛이 꺼지고 안내문이 떠올랐다.

―제작에 성공했습니다.

채빈은 발끝을 세우고 서서 새로이 생겨난 제단 위의 무기를 자세히 살폈다. 길이 1미터 가량의 잘빠진 양날의 검이었다.

"이건 뭐지?"

반월형의 검은 손잡이 중앙에 피처럼 붉은 버튼이 달려 있었다. 채빈은 검을 손에 쥐고 다른 손으로 버튼을 눌러 보았다. 한낱 장식인 것인지 아무런 변화도 일어나지 않았다.

"확실히 다루기는 쉬운데."

채빈은 사령검으로 삼재검법의 초식을 하나씩 펼쳐보았다. 3단봉보다 무겁기는 했지만 베는 맛이 있었다. 텅 빈 공기만을 베고 있는데도 그 짜릿한 감각이 손 안에 또렷하게 전해져 왔다.

"이제 축령구를 던져야지."

시험을 끝낸 채빈이 사령검을 거두고 축령구를 손에 들었다. 공작소를 나오면서 채빈은 물어보지도 않은 두 정령에게 이런저런 말을 늘어놓고 있었다.

"마음 같아서야 이 시점에 귀환 스크롤이 나오면 금상첨화겠지. 늘어지는 주말에 일찍 집에 돌아가 봤자 할 일도 없는데, 칸체레 수도원 던전에 갈 수 있다면 얼마나 좋아? 하지만 뭐가 나오든 간에 만족할 거야. 여기서 더 바라는 건 솔직히 욕심이지. 보상이 2개씩이나 나온 것만으로도 충분해. 그래, 욕심이야. 꽝이 나와도 좋아. 그렇고말고."

'엄청 기대하고 있네.'

차마 겉으로는 내색하지 못하는 운디네였다.

채빈이 축령구를 부서져라 꾹 쥐고 섰다. 몹시도 보상을 갈구하는 안타까운 눈빛으로 허공을 훑은 끝에, 그가 축령구를 힘차게 머리 위로 던졌다.

파삭!

바닥에 떨어진 축령구가 빛을 터뜨리며 부서졌다.

잔광 속으로 돌돌 말린 두루마리가 보인 순간, 채빈은 환호를 터뜨리며 태클을 걸듯 그리로 몸을 날렸다.

〈마왕성 귀환 스크롤〉

—스크롤을 찢으면 마왕성으로 귀환된다. 1회 사용하면

사라진다.

 "맙소사! 오늘 무슨 날이야! 프라이어, 오늘 날짜가 며칠이야?! 앞으로는 오늘이 내 생일이야!"

 이토록 기쁜 날이 또 있을까.

 꾸역꾸역 집으로 돌아가 골방에서 게임이나 하다가 주말을 보내게 될 거라고 생각했었다.

 하지만 이 두루마리 한 장으로 주말의 운명이 바뀌었다. 칸체레 수도원 던전에 입장할 수 있게 된 것이다. 지금 당장!

 "칸체레 수도원에 가실 겁니까, 형님?"

 "당연한 걸 물어봐! 준비됐지? 가자!"

 채빈이 품에 스크롤을 챙겨 넣고 일어섰다. 던전관리소로 향하는 그의 위세가 당당했다. 사령검과 빅터 파우스트, 그리고 Lv.9의 두 정령까지 대동한 완전무장의 상태. 이보다 더 강할 순 없었다.

 슈우우욱!

 채빈과 두 정령이 마법진을 통해 칸체레 수도원 던전으로 이동했다. 여전히 예전과 같은 짙은 어둠이 사방을 에워싸고 있었다.

 "프라이어, 조명 좀."

말이 끝나기도 전에 프라이어가 빛을 환하게 밝혔다. 채빈은 시야를 확보하고 아주 편안하게 암로를 통과할 수 있게 되었다. 게다가 추가로 전에는 보지 못했던 숨겨진 코인의 흔적까지 발견할 수 있었다.

"너희들도 좀 도와줘. 벽면 보면 이런 식으로 색이 좀 이상한 부분들 있지?"

그렇게 말하며 채빈이 사령검으로 암벽 밑의 한 부분을 찔러 무너뜨렸다. 붕괴된 암벽 안에 독트로스 광산과 마찬가지로 코인이 들어 있었다.

프라이어와 운디네는 분주히 돌아다니며 코인을 획득하는 족족 채빈의 가방에 넣었다. 암로를 거의 다 통과할 즈음에는 담긴 코인의 무게로 가방을 멘 채빈의 어깨가 약간 뻐근해졌다.

이윽고 암로가 끝나고 드넓은 해식동굴이 나타났다. 암석에 앉아 채빈이 신발의 끈을 고쳐 묶으며 두 정령에게 말했다.

"전에 말했던 대로 여기서 기다리면 배가 오더라고. 그걸 타면 알아서 움직여. 불화살을 쏴대는 녀석들은 출구를 나가면 나타나고."

─알겠습니다.

"정말 괜찮을까?"

채빈이 조금은 자신없는 듯한 말투로 물었다. 프라이어는 빛을 번쩍였고 운디네는 욕조의 물을 세차게 튀기면서 자신감을 강하게 드러냈다.

―그까짓 일반적인 화살 정도는 저의 홀리 애로우로 충분히 막아낼 수 있습니다.

―불화살이 날아와도 걱정하실 것 없답니다. 이 운디네의 장벽으로 가볍게 막아 드리죠. 우후후.

채빈은 홀로 왔을 당시를 떠올렸다. 두려움으로 벌벌 떨었던 그때와는 전혀 달랐다. 두 정령이 함께하는 지금은 빨리 던전을 공략하고 싶은 마음에 가슴이 다 설렐 뿐이었다.

―옵니다.

프라이어가 말했다.

채빈이 고개를 들고 몸을 일으켰다.

사공없는 나룻배가 수면을 가르며 천천히 다가오는 중이었다. 채빈과 두 정령은 해안가에 서서 가까이 오기를 기다려 가볍게 배 위로 올라탔다.

배가 해식동굴을 벗어났다.

드넓게 펼쳐진 대해를 앞에 두고 뱃머리가 측면으로 꺾였다. 절벽을 따라 나아가는 배 위에서 채빈은 긴장으로 숨을 죽인 채 절벽 위를 살피고 있었다.

"저기야!"

채빈이 손을 들어 절벽 상부의 한곳을 가리켰다. 움푹 파인 지점에서 녹색 빛깔의 작은 괴물들이 이리저리 움직이고 있었다. 모두가 손에 활을 들고 있었다.

―홀리 이미지.

슈우우우욱!

프라이어가 빛 덩어리의 형태를 유지한 채 몸을 6개로 늘렸다. 6개의 프라이어는 채빈의 머리 위 허공에서 일정한 간격으로 방어진을 구축하듯 멈췄다.

"프라이어, 부탁해."

―맡겨주십시오.

프라이어의 대답은 거침이 없었다. 그 자신만만한 목소리만으로도 채빈은 크나큰 안도감을 느낄 수 있었다. 프라이어는 과시하거나 허세를 부릴 정령이 결코 아니니까.

파바바바바바바밧!

곧이어 수십 발의 화살들이 채빈의 나룻배를 향해 소낙비처럼 퍼부어졌다. 그에 맞서 6개의 프라이어가 일시에 마나를 터뜨렸다.

―홀리 애로우.

파바바바바바바밧!

6개의 프라이어가 빛의 화살을 동시에 6발씩 연달아 발사하기 시작했다. 속사포처럼 쏘아져 나가는 수십 발의 홀리 애로우가 청명한 하늘 곳곳에서 적의 화살과 맞부딪쳤다.

콱! 빠지직! 콰콱! 빠직! 빠지직!

부서진 화살의 잔해들이 수면 여기저기로 떨어지며 물보라를 일으켰다. 프라이어의 다중 홀리 애로우는 거의 완벽하게 적들의 화살을 봉쇄하고 있었다.

―어머, 저 못된 녀석들!

운디네가 분개해서 외쳤다.

절벽 위에서 활을 든 괴물들의 숫자가 눈에 띄게 불어나고 있었다. 프라이어의 홀리 애로우만으로는 맞서기가 벅찬 수준이었다.

그것으로 끝이 아니었다. 앞다투어 벼랑 끝까지 몰려나온 괴물들은 이제 모조리 불화살을 겨누고 있었다.

운디네가 나서야 할 시점이었다.

―워터 스크린.

슈우우우욱!

푸르른 물의 장벽이 구체형태로 나룻배를 둘러쌌다. 정중앙에서 장벽을 유지하면서 운디네가 말했다.

―제 장벽의 물리적인 방어력은 미미해요. 하지만 장벽을 통과하면서 적들의 화살도 그 힘이 상당히 줄어들 거예요. 주인님은 장벽을 뚫고 직격으로 들어오는 화살들을 막아주세요.

"알았어."

채빈이 사령검을 들고 일어섰다. 잠깐 생겨난 틈을 이용해 프라이어는 운디네의 장벽 위에서 둥글게 배치를 변경했다.

파바바바바바바바바바바바밧!

일순 하늘 전체가 불타오르듯 붉게 달아올랐다.

압도적인 양의 불화살이 퍼부어지고 있었다.

매직 애로우와 워터 스크린의 보호 속에서 채빈이 사령검을 높이 치켜들었다.

"하아아앗!"

사령검의 날카로운 검날이 장벽을 뚫고 들어오는 화살들을 사정없이 베어냈다.

채빈은 화살의 각도에 따라 지금까지 연습한 삼재검법의 다양한 초식들을 구사하며 베고 또 베었다. 운디네의 장벽 덕분에 화살의 불이 꺼진 데다 속도마저 현저히 느려져 상대하기가 비교적 수월했다.

"허억! 헉!"

적들의 불화살 세례는 끝날 줄을 몰랐다.

채빈은 점차 숨이 가빠왔다. 질질 흘러내리는 뜨거운 땀이 눈앞을 가려 무척 성가셨다.

"프라이어, 운디네! 조금만 더 버티면 돼!"

채빈이 두 정령들을 격려하며 더욱 힘차게 사령검을 휘둘렀다.

 자신만 힘든 것이 아니었다.

 모두가 전력을 다해 맞서고 있었다.

 프라이어는 줄기차게 매직 애로우를 발사하고 있었고, 운디네도 워터 스크린을 두텁게 유지하고 있었다.

 "이야아아아!"

 채빈이 기합을 내지르며 마지막으로 날아든 불화살을 세차게 베어냈다.

 어느새 나룻배는 절벽 밑의 동굴 입구에 가까워지고 있었다. 적들은 채빈을 공격할 각도를 잃었다. 더 이상 날아오는 화살도 있을 리 없었다.

 "휴우! 다들 수고했어! 일단 좀 쉬자."

 채빈이 거친 숨을 토해내며 나룻배에 주저앉았다. 뒤따라 프라이어와 운디네도 마법을 거두고 채빈의 어깨 위로 내려와 앉았다.

 "너희들 덕분이야. 이런 미친 동네를 나 혼자서 어떻게 돌파하겠어? 둘 다 괜찮아?"

 -조금 휴식을 취하면 정상으로 회복될 것 같습니다.

 -저도 특별히 무리하지는 않았어요, 우후훗. 친화력이 엄청나게 높아졌네. 운디네는 기뻐요.

 나룻배가 동굴로 진입했다. 겨우 지나갈 정도의 협소한 수로가 길게 이어지고 있었다. 어둠이 스며들면서 파도 소리마저 잠잠해지고 주위는 정적에 휩싸였다.

"기분이 묘한데."

채빈이 프라이어의 빛에 의지해 수로를 두리번거리며 중얼거렸다. 어쩐지 심상치 않은 느낌이 들었다. 검푸른 수면을 내려다보아도 기분이 나빴다. 당장에라도 무엇인가 괴물이 솟구쳐 올라와 공격을 가할 것만 같았다.

―앗, 주인님! 수로가 끝났어요.

운디네가 눈앞을 빙빙 돌며 소리쳤다.

채빈이 고개를 들고 전방을 응시했다. 프라이어가 몸을 날려 시야를 밝혀주었다.

약 30여 미터 앞으로 수로가 끝나는 지점이 보였다. 너른 공간 한가운데 시커먼 암굴의 입구가 보였다.

―저 굴로 들어가면 수도원이 나타날 것 같습니다.

"아마 그렇겠지? 자, 슬슬 내릴 준비를 하고……. 어? 뭐지?"

불현듯 암굴의 그림자가 실룩이는가 싶더니 거대한 물체가 몸을 비집고 나왔다. 채빈은 소스라치게 놀라 사령검을 움켜잡았다.

"구울?!"

독트로스 광산 지하에서 보았던 것보다도 훨씬 거대한 구울이었다. 나룻배를 대더라도 내릴 공간이 없을 정도로 공간 전역을 채우고 서 있었다.

"내리기 전에 끝장을 봐주지!"

배의 속도는 느렸고 거리는 아직 충분했다.

채빈이 빅터 파우스트를 들어 매직 타깃으로 조준한 다음 버튼을 눌렀다. 폭음과 함께 마나파동포가 일직선으로 수로를 꿰뚫고 나아갔다.

콰아아앙!

마나파동포가 구울의 가슴팍을 강타했다. 구울이 두 팔을 허우적거리며 괴성을 내질렀다.

"타격이 거의 없나? 젠장!"

채빈이 이를 갈며 두 번째 발포를 서둘렀다.

바로 그때, 곁에서 빛을 반짝이고 있는 프라이어의 속성이 뇌리를 강타했다. 더불어 정령과 연동할 수 있는 빅터 파우스트의 기능이 떠올랐다.

"프라이어, 이리 와! 빅터 파우스트와 연동해!"

채빈이 손짓으로 재촉했다.

프라이어가 날아와 무기에 스며들었다. 빅터 파우스트 전체에 프라이어의 빛이 넘실거리고 있었다.

ㅡ연동했습니다.

프라이어의 말이 끝나기가 무섭게 채빈은 다시금 구울을

눈부신 보상

조준했다. 매직 타깃이 구울의 가슴을 정확히 겨눈 순간 채빈은 빅터 파우스트의 버튼을 꾹 눌렀다.

퍼어어어엉!

눈부신 빛의 정령파동포가 나선형의 소용돌이를 그리며 뻗어나갔다. 언데드의 속성을 가진 구울은 온몸으로 상극 속성의 파동포를 고스란히 받아들였다.

콰아아아아아앙아앙!

"캬아아아아아악!"

"굿 잡!"

채빈이 손가락을 튕기며 바닥을 찼다.

단 한 방으로 뻥 뚫린 구울의 가슴에서 엄청난 양의 피가 콸콸 흘러내리고 있었다. 정령과 연동한 데다 상극의 속성이었기에 위력 자체가 달랐다.

구울은 한동안 신음을 흘려대며 팔다리를 버둥거리더니 고꾸라져 지면에 턱을 처박았다. 채빈 일행의 나룻배가 그 앞에 당도할 즈음에는 숨이 완전히 끊겨 잠잠해졌다.

―이 녀석 뭔가 가지고 있습니다만.

구울이 걸친 넝마를 뒤적이던 프라이어가 낡은 열쇠 1개와 양피지 1장을 끄집어냈다. 채빈이 받아 양피지를 펼쳤다. 칸체레 수도원의 지도였다.

"오호라······. 이거 엄청 넓은데?"

지도를 내려다보며 채빈이 중얼거렸다.

독트로스 광산이나 동부 지저성과는 차원이 다른 구조였다.

좁은 통로를 사이에 두고 크고 작은 여러 구역이 맞물리듯 배치되어 있었다. 오른쪽 위에서부터 지하감옥, 축사, 과수원, 지하묘지, 공방, 식당, 주방, 창고, 도서관, 예배당, 나선정원, 요양소, 고해실……. 채빈은 그만 혀를 내두르고 말았다.

프라이어와 운디네도 지도를 유심히 들여다보고는 저마다 한마디씩 거들었다.

─오른쪽 위에 입구 표시가 있군요. 이 암굴로 들어가면 지하감옥이 나타날 것 같습니다.

─이 던전의 공략목표는 뭐지? 여기저기 찍힌 7개의 검은 표식은 또 뭐람? 운디네는 전혀 모르겠어요.

"적어도 좋은 건 아닌 것 같아. 일단 검은 표식은 멀찌감치 피해 다니면서 조사해 보자."

채빈이 양피지 지도를 돌돌 말아 안주머니에 넣었다. 아직도 파악하지 못한 부분이 많았지만 그래도 지도를 손에 넣고 나니 꽤나 안심이 되었다.

"크르르르르……!"

암굴에 들어서자 날짐승이 내는 듯한 무거운 으르렁거림이 맞은편에서부터 들려왔다. 채빈은 프라이어의 빛을 최소

화시키고 조심조심 나아갔다.

한참을 가자 철로 된 잿빛의 문이 나타났다.

일단 진단 삼아 문고리를 잡고 돌려 보았다. 역시 문은 잠겨 있었다.

'그렇다면……'

채빈이 구울에게서 얻은 열쇠를 꺼내 열쇠 구멍에 넣었다. 정확히 딱 들어맞았다. 열쇠를 돌리자 금속음과 함께 문의 잠금이 해제되었다.

'크윽, 냄새!'

열린 문을 통해 시체가 썩는 듯한 악취가 밀려들었다. 채빈은 옷깃을 들어 코를 막으며 신음하듯 말했다.

"프라이어, 조명을 최대한으로 밝혀줘."

프라이어의 빛으로 주위가 대낮처럼 밝아졌다.

"헉!"

눈앞을 본 채빈은 심장이 멎을 뻔했다.

코앞에 거대한 철의 단두대가 놓여 있었다. 그 밑으로 녹색 몸뚱이의 괴물이 여러 조각으로 널브러져 있었다. 썩어가는 머리의 정수리 부분에서 구더기가 들끓고 있었다.

"우… 우웩!"

채빈이 치미는 구역질을 참고 단두대를 지나쳤다. 5미터는 되는 높은 천장과 바닥이 온통 말라붙은 피딱지로 검붉게 물들어 있었다.

 사방은 전부 감옥이었다. 촘촘히 이어진 녹슨 쇠창살 너머의 감옥마다 그림자가 하나씩 웅크리고 앉아 있었다. 빛이 밝아질 때마다 그림자의 형태가 확연해졌다.

 "전부 구울들인데?"

 채빈이 그렇게 중얼거렸다.

 바로 그때, 눈앞 감옥에 갇혀 있던 구울이 괴성을 내지르며 채빈을 향해 몸을 날렸다.

 콰아아아앙!

 "우왁!"

 채빈이 질겁해서 뒤로 물러섰다.

 구울이 쇠창살에 거듭 몸을 부딪치며 괴성을 토해냈다. 쇠창살은 여간 튼튼한 게 아니어서 도리어 부딪치는 구울의 몸에서 피가 터지고 있었다.

 "쿠오오오오오!"

 "캬아아아아아!"

 구울의 외침을 시작으로 모든 감옥의 구울들이 난리를 피우기 시작했다. 쇠창살에 몸을 부딪고, 이빨로 물어뜯고, 바닥을 데굴데굴 구르며 돼지 멱을 따는 듯한 괴성을 줄기차게 질러댔다.

 채빈은 두 귀를 틀어막고 바들바들 떨다가 분노를 느끼고 소리쳤다.

"시끄러운 새끼들! 프라이어!"

─네, 형님!

프라이어가 빅터 파우스트로 스며들었다.

매직 타깃을 사용할 필요도 없었다.

채빈은 감옥에 갇힌 구울들을 향해 자비없는 정령파동포를 발포하기 시작했다.

퍼어어어어어엉!

"캬아아아아아아악!"

퍼어어엉! 펑! 퍼퍼퍼펑!

"쿠오오오오오오오오!"

채빈은 한 놈도 놓치지 않으려는 듯 신중하게 좌우를 살피면서 보이는 족족 구울들을 처치했다.

구울들은 구멍이 뚫리고 산산조각이 나는 등 제멋대로 짓이겨지고 으깨지면서 감옥의 내벽 사방을 자기들의 핏물로 흠뻑 적시고 있었다.

"뭐가 이렇게 많아?!"

20마리는 족히 처치한 것 같은데 아직도 괴성은 끊이지 않고 있었다. 채빈은 메아리처럼 울리는 구울들의 괴성을 쫓아 복도를 따라 돌면서 남은 구울들을 모조리 처치했다.

"휴우. 배고파."

─김밥 싸오셨잖아요, 주인님. 드세요.

"이런 더러운 데서 어떻게 밥을 먹어? 먹자마자 토하겠다."

채빈이 대꾸하며 지척의 감옥으로 다가가 쇠창살을 붙잡았다. 그 너머의 감옥 안에 정령파동포를 맞고 쓰러진 구울의 시체가 놓여 있었다.

채빈이 말했다.

"프라이어, 운디네. 출구도 찾을 겸 전리품 수집 좀 해줘. 쇠창살이 튼튼해서 들어갈 수가 없으니까. 난 여기서 기다리고 있을게."

─알겠습니다, 형님. 운디네, 내가 동쪽을 돌게.

─알았어.

두 정령이 감옥 전역을 돌며 전리품을 수집하는 동안 채빈은 양피지 지도를 꺼내 다시금 확인했다. 지금 장소가 지도에 표시된 지하감옥인 건 분명한 듯했다.

'왠지 오래 걸릴 것 같은데……'

짧은 시간에 공략할 수 있는 던전이 아닐 것 같다는 생각이 들었다.

독트로스 광산처럼 일자진행의 던전이 아니어서 목표가 무엇인지 감을 잡을 수도 없었다.

복잡해진 머리를 싸매고 한숨을 내쉬는 사이, 프라이어와 운디네가 전리품을 바리바리 싸들고 돌아왔다.

프라이어가 먼저 말했다.

―저는 71코인을 가져왔습니다.

뒤이어 운디네가 말했다.

―저는 84코인이요.

"그래, 수고했어."

채빈이 조금은 맥 빠진 목소리로 대답하고 가방을 열어 코인을 쓸어 담았다. 이토록 많은 구울을 초토화시켰는데 이번에도 고작 보상은 코인뿐이란 말인가. 내색하지 않으려고 해도 실망감은 표정에 역력히 드러나고 있었다.

―후후훗.

돌연 운디네가 특유의 요염한 웃음을 흘리며 욕조째로 몸을 빙글 돌렸다. 채빈이 의아하다는 표정으로 바라보자 그녀가 작은 두 손을 뻗어 채빈의 옷깃을 끌었다.

―하나 더 있어요, 주인님. 따라와 보세요.

채빈과 프라이어는 운디네를 따라 지하감옥의 서쪽 한곳에 당도했다. 감옥이 나란히 늘어선 사이에 폭이 좁은 틈이 있었다.

―이리로 들어가세요.

"뭔데?"

―들어가 보시면 알아요. 어서요.

운디네가 채빈의 목덜미를 밀며 채근했다. 채빈은 어쩐지 음산한 기분이 들어 잠시 망설인 끝에 용기를 내어 틈 안으로 깊숙이 들어갔다.

"이, 이게 뭐야?!"

좁은 통로를 통과하고 난 채빈은 맞닥뜨린 공간 한가운데에서 머리를 부여잡고 소리쳤다. 눈앞의 바닥에 붉은 색의 큼지막한 상자가 놓여 있었다. 보상상자가 틀림없었다.

―후후훗, 좋으시죠? 주인님.

"당연하지! 맙소사, 보상상자가 나올 거라고는 상상도 못했어! 여긴 이제 겨우 시작지점이잖아!"

그곳은 보상 공간 겸 탈출구였다. 상자 너머의 벽면에 상층으로 이어지는 층계가 만들어져 있었다. 올라가면 지도에 그려진 대로 축사와 과수원이 나타날 터였다.

놀라운 것은 그것뿐만이 아니었다.

상자의 바로 곁에 마왕성으로 이동하는 마법진까지 구비되어 있었다.

채빈은 마법진을 내려다보며 더없는 안도감을 느꼈다. 마왕성 귀환 스크롤이 없더라도 이곳까지만 오면 마법진을 통해 몇 번이고 제한없이 돌아갈 수 있는 것이다.

운디네가 가만히 서 있는 채빈의 어깨를 콕콕 찍었다.

―왜 멀뚱히 서 계세요? 보상을 확인하셔야죠.

"어? 어, 그래."

채빈이 무릎을 꿇고 보상상자를 잡았다. 지금까지와는 사뭇 다른 상자의 외관이 채빈을 기대감을 몇 배로 증폭시켰다. 부디 좋은 보상이 쏟아져 나오기를 간절히 바라며 채빈은 힘껏 뚜껑을 열어젖혔다.

〈상자 보상 안내〉

1. 2서클 마나의 정수
—종류:정수
—산지:로쿨룸 대륙
—설명:마시면 2서클의 마법을 다룰 수 있는 마나를 얻게 된다.
—요구조건:없음

2. 실드 마법서
—종류:2서클 마법서적
—산지:로쿨룸 대륙
—설명:마나의 기운으로 시전자의 주위에 방벽을 생성한다. 물리공격보다는 마법공격을 효과적으로 방어할 수 있다. 책을 펼치면 습득할 수 있다.

—요구조건:2서클 이상의 마나

3. 파이어 애로우 마법서
—종류:2서클 마법서적
—산지:로쿨룸 대륙
—설명:마나의 기운으로 불꽃의 화살을 만들어 대상을 공격한다. 책을 펼치면 습득할 수 있다.

4. 홀드 마법서
—종류:2서클 마법서적
—산지:로쿨룸 대륙
—설명:상대의 움직임을 일시적으로 봉쇄한다. 시전자의 서클이 상대보다 높을수록 효과적인 능력을 발휘한다. 책을 펼치면 습득할 수 있다.

5. 시그너스 아머 레시피
—종류:8등급 방어구 레시피
—산지:로쿨룸 대륙
—설명:공작소에서 사용 가능
—요구조건:없음

'드디어 2서클이 나왔어!'

채빈이 두 손으로 입을 가로막고 부들부들 떨었다. 말로 형용하기 힘든 기쁨으로 온몸에 전율이 밀려들었다.

가장 먼저 생각난 것은 스스로 생각해도 우스웠지만 스페셜 붕어빵이었다. 마나양이 증폭될 테니 더 많은 소스를 만들어내는 건 당연한 일이었다.

채빈은 기쁨에 겨워 생각했다.

일주일마다 들어올 소스값이 얼마나 불어날 것인가. 그리고 재경은 몇 배로 늘어난 소스를 받고 얼마나 기뻐할 것인가. 생각만으로도 황홀해서 정신이 아찔해질 정도였다.

채빈은 허겁지겁 2서클 마나의 정수 뚜껑을 따서 단번에 들이켰다. 심장의 내부에서 지금까지보다 강렬해진 마나의 기운이 용솟음치기 시작했다.

―여기서 다 배우고 가시려고요?

"그럼 됐다 뭐해?"

채빈은 즉석에서 마법서들을 펼쳐 비전을 습득해 나갔다. 실드 마법에서부터 파이어 애로우 마법, 그리고 홀드 마법에 이르기까지 2서클 마법의 비전들이 차례차례 채빈의 뇌리에 각인되었다.

'챙겨갈 건 이것뿐이군.'

남은 것은 시그너스 아머 레시피 하나뿐이었다. 아직까지 방어구는 구비한 것이 없기에 채빈은 이 보상 역시 무척이나 반가웠다.

"자, 그럼 더 가볼까."

채빈이 레시피를 가방에 넣고 일어섰다.

시선은 상자 너머 상층으로 연결되는 충계참에 가 닿아 있었다.

여기서 그만두고 싶지 않았다. 조금 더 가보고 싶었다. 눈부신 보상을 손에 넣은 직후여서 채빈의 마음은 한없이 들떠 있었다.

"프라이어, 운디네. 가자."

채빈은 두 정령을 양 어깨에 대동하고 충계를 밟아 위로 올랐다.

20계단마다 충계참이 나타났고, 방향이 좌측으로 90도씩 꺾였다. 빠른 걸음으로 오르던 채빈이 약간의 어지럼증을 느낄 즈음 충계가 끝을 드러내고 새로운 풍경을 눈앞에 가져다 놓았다.

"와, 엄청 넓다."

3갈래로 나뉘는 회랑의 중앙이었다.

까마득히 높은 천장이 온통 기하학적인 무늬의 스테인드글라스로 채워져 있었다. 일정한 간격마다 매달려 있는 거대한 샹들리에는 스산한 바람을 따라 조금씩 흔들리는 중이었다.

채빈은 아찔함을 느끼며 고개를 내리고 시선을 옆으로 돌렸다. 악마처럼 기괴한 생김새의 남자 초상화가 시야를 가득 메웠다. 유난히 튀도록 붉게 색칠된 두 눈이 어쩐지 살아서 움직이는 것 같아 채빈은 모골이 송연해졌다.

"누가 관리를 하는 건가?"

초상화 사이사이마다 장식되어 있는 은촛대를 바라보며 채빈이 중얼거렸다. 촛대에 꽂힌 양초가 모조리 불을 밝히고 있었다. 이토록 길고도 넓은 회랑인데도 먼 곳까지 보였던 건 전부 불을 밝힌 양초 덕택이었다.

채빈은 붉은 융단이 깔린 바닥을 밟고 몸을 돌려가며 3갈래의 회랑 끝을 살펴보았다. 오직 한곳의 끝에만 갈색의 문이 설치되어 있었다. 문의 양 옆에는 거대한 날개를 가진 박쥐와 비슷한 생김새의 괴물 석상이 하나씩 놓여 있었다.

'아, 맞다. 지도가 있었지.'

채빈이 부랴부랴 품에서 양피지 지도를 꺼내들었다. 그리고 서 있는 장소와 지도를 대조해 가며 위치를 확인했다. 갈색 문이 있는 방향을 바라보고 선 기준으로 왼쪽이 과수원, 오른쪽이 축사였다.

─어디로 가실 건가요, 주인님?

"일단 식당으로 가볼까 생각중이야. 검은 표식이 위험한 지점일 수도 있으니까. 지도를 보면 식당까지는 안전하거든. 어때?"

―좋은 생각이에요.

―저도 찬성입니다.

두 정령이 입을 모아 채빈의 의견을 따랐다. 채빈은 사령검을 손에 쥐고 갈색 문을 향해 걸음을 서둘렀다.

그때까지만 해도 전혀 모르고 있었다.

채빈 뿐만이 아니라 실전에 그다지 경험이 없는 두 정령도 모르고 있었다.

문의 양 옆에 세워져 있는 괴물 석상이 단순한 장식품이 아니었다는 사실을.

쿠우우우우웅!

"…뭐야?"

의문을 터뜨린 직후 채빈은 진동의 원인을 알아챘다. 그도 그럴 것이 회색이었던 괴물 석상이 검게 변색되고 있었던 것이다.

"이, 이게 뭐지?"

생물처럼 살갗의 근육을 실룩거리는 석상을 앞에 두고 채빈은 뒷걸음질을 쳤다. 가고일이라는 몬스터와 처음으로 대면한 순간이었다.

뒤틀린 고목처럼 기괴하게 솟은 뿔, 길게 찢어진 매서운 붉은 눈, 귀 밑까지 찢어진 입 밖으로 빼어 문 날카로운 이빨⋯⋯. 모든 부분이 채빈으로 하여금 소름을 끼치게 만들고 있었다.

"끼요오오오옥!"

"으아아악!"

두 가고일이 기괴한 울음소리를 터뜨리며 두 날개를 펼치고 회랑 높이 날아올랐다. 스테인드글라스 천장 밑을 선회한 끝에, 가고일들은 날카로운 앞발을 필두로 채빈에게 날아들었다.

"꺼져, 이 괴물들아!"

채빈이 피하지 않고 사령검에 내공을 실어 휘둘렀다. 그러나 가고일의 몸체에 닿은 순간 검날이 맥없이 튕겨나갔다.

"크윽!"

반동의 충격으로 채빈의 팔이 찌릿찌릿 울렸다. 가고일은 생채기 하나 나지 않은 몸으로 달려 들어와 채빈의 앞으로 손아귀를 휘둘렀다.

찌이이이익!

"크으윽!"

채빈의 앞가슴이 가고일의 손톱을 따라 3줄로 길게 찢어졌다. 채빈이 붉은 핏물을 왈칵 터뜨리며 주저앉았다. 그 앞으로 다른 가고일이 달려들었다.

―조심하십시오, 형님!

프라이어가 달려와 채빈의 앞을 막아섰다. 곧바로 몸을 번쩍거리며 프라이어가 홀리 애로우를 날렸다. 빛의 화살이 쏘아져 나가 가고일의 머리에 적중했다.

콰아앙!

굉음과 함께 빛이 폭발했다.

가고일이 저만치 튕겨나가 회랑의 벽에 몸을 부딪고 바닥으로 고꾸라졌다. 그러나 잠시 몸을 부들부들 떨었을 뿐, 이내 기운을 차리고 날아오르는 것이었다.

―이, 이럴 수가!

돌연 운디네가 경악 어린 목소리로 비명을 질렀다. 채빈이 영문을 모르고 가고일의 공격에 맞서려는 찰나, 운디네의 목소리가 다시금 뇌리를 울렸다.

―주인님! 큰일났어요! 프라이어가 정령계로 강제 소환됐어요!

"뭐?! 그게 무슨 소리… 크윽!"

대화를 나눌 틈조차 없었다.

시야 한가운데로 가고일들의 사악한 얼굴이 빠르게 커져오고 있었다. 채빈은 뒤로 몸을 날리는 한편 새로이 습득한 비전을 뇌리에 그려내는 중이었다.

'강한 놈들이니까 2서클의 마법을 쓰자!'

떠오른 대안이 움직임을 봉쇄하는 홀드 마법이었다. 가고일들의 공격은 워낙 빠른 데다 변칙적이었다. 움직임을 봉쇄하지 않고는 어떤 공격을 해도 제대로 맞출 자신이 없었다.

―홀드, 발동!

채빈이 마나를 끌어내 홀드 마법을 시전했다.

"끼이이익!"

눈앞으로 달려들던 가고일이 몸을 움찔거렸다. 채빈은 속으로 쾌재를 부르며 파이어 애로우를 날리기 위한 마나를 손바닥 가득 끌어올렸다.

그러나 이변이 일어났다.

"어?! 왜, 왜 이러지? 어째서 내 몸이 안 움직이는 거야!"

보이지 않는 줄에 묶인 것처럼 경직된 채로 서서 채빈이 소리쳤다. 움직일 수 있는 건 오로지 얼굴뿐이었다.

"끼요오오오오옥!"

무방비 상태가 된 채빈에게 가고일이 달려들어 앞발을 내지르고 있었다. 채빈은 비명을 지르며 눈을 질끈 감고 말았다.

―워터 스크린!

슈우우우우욱!

운디네가 펼친 물의 장벽이 근소한 차이로 가고일의 공격에 앞서 채빈을 에워쌌다. 그러나 가고일의 물리적인 공격을 물의 장벽으로 완전히 막을 수는 없었다.

푸우우욱!

"갸아아아아아아아아악!"

가고일의 날카로운 발톱은 기어이 장벽을 찢고 들어와 채빈의 복부에 깊숙이 파고들었다. 채빈은 흰자위만 남기고 두 눈을 부릅뜬 채 온몸을 달달 떨었다.

"끄으으으……!"

―주인님, 정신 차리세요! 에잇!

퍼어어어어엉!

운디네가 남은 마력을 쏟아 물의 장벽을 폭발시켰다. 순간적인 마나의 폭발로 가고일들이 멀찌감치 튕겨나갔다.

―지금이에요, 주인님! 어서 달려요!

"아, 알았어!"

채빈이 운디네를 따라 오던 길을 되짚어 미친 듯이 달렸다.

등 뒤의 허공에서 두 가고일이 득달같이 쫓아오고 있었다. 힐끗 돌아본 채빈은 오줌을 싸버릴 것 같은 극심한 공포로 이를 악물고 전력을 달렸다.

"끼요오오오오옥!"

층계참으로 들어서자 가고일들은 더 이상 쫓아오지 않았다.

채빈은 기진맥진하여 숨을 몰아쉬다가 몸을 가누지 못하

고 계단 밑으로 데굴데굴 굴러 떨어졌다.

"아아악! 아악! 으아악!"

―주인님! 주인님!

채빈은 계단을 굴러 떨어진 끝에 층계참의 벽면에 세차게 부딪고 멈췄다. 채빈은 잇몸에서 피가 나도록 이를 악물었다. 이리저린 치인 몸이 못 견디게 아팠다.

"주인님, 괜찮으세요?"

운디네가 인간 형태로 변해 채빈을 부축했다. 그러나 채빈은 도저히 바로 일어설 수 있을 것 같지가 않았다.

"일단 좀 누우세요. 피를……!"

운디네가 비스듬히 무릎을 꿇고 허벅지에 채빈의 머리를 눕혔다. 채빈은 일그러진 얼굴로 숨을 헐떡이며 신음하듯 말했다.

"끄으윽……! 이건 말도 안 돼……! 내 마나는 2서클인데! 2서클의 마나를 얻었는데 어떻게 손 한 번 못 쓰고 당한 거야? 게다가 내공은 통하지도 않았어! 그거 대체 뭔 새끼야?"

운디네는 좀처럼 볼 수 없는 심각한 얼굴로 골똘히 생각에 잠겨 있었다. 흐트러진 머리칼을 어깨 뒤로 넘기던 그녀가 이윽고 조심스럽게 의견을 제시했다.

"속성반사가 아닐까요?"

"속성… 반사?"

채빈이 멍한 표정으로 되뇌었다. 운디네가 말하는 의미를 이해하기 힘들었다.

"프라이어가 홀리 애로우를 발동시킨 직후 정령계로 강제 소환을 당했죠. 그때까지만 해도 몰랐어요. 하지만 주인님께서 홀드 마법을 사용하셨을 때는 확신했어요."

"내가 쓴 홀드 마법에 내 스스로 묶였다는 얘기야? 프라이어도 자기의 홀리 애로우에 맞아서 그 꼴이 난 거고?"

운디네가 천천히 고개를 끄덕이며 대답했다.

"수시로 속성을 변화시키는 녀석들일 거예요. 같은 속성일 때 공격하면 반사가 되는 거죠. 제 물의 장벽이 반사되지 않은 건 행운이었어요. 만약 반사됐다면 저 역시 정령계로 강제 소환을 당했을 테니까요."

운디네의 설명을 들으면서 채빈의 숨결은 더욱 거칠어지고 있었다. 만약 홀드가 아닌 파이어 애로우를 처음부터 사용했다면 어떻게 되었을까. 숯불 위에 올려놓고 잊어버린 삼겹살처럼 새까맣게 타 죽어버렸을까? 생각만으로도 정신이 돌아버릴 것처럼 공포가 엄습해 오는 것이었다.

"일단 돌아가자…… 아파서 죽을 것 같아."

"일어서실 수 있겠어요? 제 어깨에 팔을 두르세요."

"이 정도는 괜찮아……. 크윽!"

채빈은 운디네의 부축을 받아 조심스럽게 층계를 하나씩

밟아 내려갔다. 지하감옥의 보상 공간에 들어설 무렵 채빈이 뒤늦게 물었다.

"그런데, 프라이어는 괜찮은 거지?"

"걱정하지 마세요. 회복될 때까지 정령계에 머물다가 돌아올 거예요. 시간은 조금 걸리겠지만요."

"운디네."

"네, 주인님."

"사실 너한테 참 미……."

채빈이 말을 잇지 못하고 입을 다물었다.

운디네가 아름다운 두 눈을 궁금함으로 깜박이며 바라보고 있었다. 침을 한 번 삼키고 나서 채빈이 고쳐 말했다.

"고마워."

"그렇게 짧은 말이었어요?"

"어."

"흥, 그래요."

채빈과 운디네는 마법진을 통해 마왕성으로 귀환했다. 운디네는 집으로 돌아가지 않고 마왕성으로 들어서는 채빈을 따랐다.

"여기서 잘 거야. 아무리 심한 상처를 입었어도 마왕성에서 자면 바로 회복될 수 있거든."

"저도 알아요."

"운디네도 그만 돌아가서 쉬고 있어. 내 집에 가 있어도 되고, 정령계로 돌아가 있어도 되고."

운디네가 고개를 끄덕이며 살포시 웃었다.

"잠드실 때까지 곁에 있어드릴게요."

운디네의 그러한 배려는 사실 전혀 필요치 않았다. 베개에 뒷머리를 들이댄 순간 채빈은 거짓말처럼 깊은 잠에 빠져들어 버렸다. 운디네는 그 후로도 오래도록 채빈의 곁에서 자리를 지키고 있었다.

제8장
시그너스 아머

이계
마왕성

"으음……."

가고일에게 당한 상처는 생각보다 깊지 않았다. 채빈은 이틀 만에 완쾌하여 마왕성의 침상을 벗어날 수 있었다.

"속성반사를 어떻게 해결한다……."

완치되자마자 채빈은 가고일을 공략할 방법을 궁리하고 있었다.

내공을 비롯한 물리적인 공격은 통하지 않는다. 마법은 통하지만 불규칙적으로 변화하는 놈들의 속성을 피해야 한다. 그러기 위해서는 상대의 속성을 감지할 수 있는 능력이 절실하다.

'그런 마법이 있을까.'

칸체레 수도원을 공략하려면 그 빌어먹을 석상 괴물 녀석을 해치워야만 했다. 하지만 해치울 묘안이 없었다. 생각할수록 머리가 복잡해서 채빈은 버럭 소리를 지르고 말았다.

"에이, 짜증나. 가져온 레시피로 아이템이나 만들어 봐야지."

채빈이 가방에서 원형 금속판을 꺼내들었다. 지하감옥에서 보상으로 얻은 시그너스 아머 레시피였다. 채빈은 당장 만들어볼 생각을 하고 공작소로 들어섰다.

〔시그너스 아머〕

종류:방어구 등급:B등급
방식:마나연동형 방어력:4ㅁ
착용제한:2서클 이상의 마나
부가효과:레비테이션 윙(기본)

물품설명:3차 학파대전 직후, 니제르의 마탑을 점거한 시그너스 학파가 용병을 끌어들이기 위해 홍보수단으로 개발한 아머. 취지에 맞게 성능은 발군이며 레비테이션 윙이 기본으로 장착되어 있다. 최대 8분까지 착용이 가능하며, 다시 착용하기 위해서는 1시간의 휴식을 필요로

한다.
 제작비용: 215코인

 '멋진데?'
 채빈은 어느새 코인을 투입구에 밀어 넣고 있었다.
 매번 던전을 공략하면서 상처를 입는 것도 짜증나는 일이었다. 마왕성에서 자면 치유된다고는 해도 그건 별개의 문제다. 다치는 순간 아파서 죽겠는데 뭘 어쩌란 말인가.
 코인을 다 집어넣은 채빈이 제작 레버를 당겼다. 빛과 진동이 어우러지면서 제단 전면의 화면에 메시지가 떠올랐다.

 ―제작에 성공했습니다.

 '이상하다?'
 채빈은 큼지막한 부피의 갑옷이 나타나는 광경을 머리에 그리고 있었다. 그러나 제단 위에는 아무 것도 생겨난 것이 없는 것이었다.
 혹시나 싶어 제단 위로 손을 올려 여기저기 더듬어 보았다. 이내 작은 팔찌 하나가 손아귀에 잡혔다.
 "이게 뭐야? 이게 갑옷이라고?"

채빈은 완전히 협잡을 당했다는 얼굴로 입을 벌린 채 백색의 가느다란 팔찌를 내려다보고 있었다.

채빈이 반신반의한 상태로 팔목에 팔찌를 찼다. 몸 안에 흐르는 마나의 기운이 팔찌와도 연결되고 있었다.

채빈은 무심코 다른 손을 뻗어 팔목에 찬 팔찌를 잡았다. 그 순간 머릿속으로 비전이 그려졌다.

"시그너스 아머?"

채빈이 비전을 따라 소리 내어 말했다.

바로 그 직후.

쿠우우우웅!

팔찌가 거칠게 몸을 떨었다. 연이어 채빈이 딛고 선 바닥을 중심으로 원형의 마법진이 생겨났다.

슈우우우우욱!

마법진에서 원기둥 형태의 빛이 솟구쳐 올랐다. 채빈을 휘감고 넘실거리는 빛의 틈바구니에서 백색의 갑옷이 부위별로 쏟아져 나오기 시작했다.

"우와아앗!"

채빈이 기겁하여 팔다리를 허우적거렸다. 그에 아랑곳없이 헬멧, 흉갑, 건틀릿, 다리 보호구, 사이드 윙, 그리브, 샤바톤까지 백색 갑옷의 모든 조각들이 나타나 채빈의 신체 각 부위로 달라붙고 있었다.

철컹! 철컹! 철컹!

금속음이 연달아 울리면서 채빈의 온몸에 갑옷들이 장착되었다. 5초가 채 지나지도 않아 채빈은 백색 갑옷으로 완전 무장한 상태가 되었다.

"이, 이게 시그너스 아머?!"

화려하기 그지없는 백색 갑옷을 입고서 채빈은 할 말을 잃어버렸다.

날개 장식이 달린 헬멧에서부터 다리에 이르기까지 매끈한 외관을 자랑하고 있었다. 등 부위에도 거대한 백색 날개가 접힌 채로 장착되어 있었다.

"이건 뭐지?"

채빈이 턱 관절 옆의 버튼을 매만지다가 살짝 눌렀다. 그러자 헬멧의 전면부가 좌우로 갈라지면서 채빈의 얼굴이 훤히 드러났다.

"이야, 멋진데!"

채빈은 신이 나서 마왕성을 이리저리 뛰어다녀 보았다. 갑옷을 입었다고 생각되지 않을 정도로 몸이 가벼웠다.

"어, 이 날개 느낌이 이상한데?"

채빈이 불현듯 걸음을 멈추고 등 뒤의 날개에 정신을 집중했다. 채빈의 마나와 날개 부위가 연동되는가 싶더니 머리에 비전이 그려지고 있었다. 시그너스 아머를 제작할 때 설명에도 기술되어 있던 레비테이션 마법의 비전이었다.

―레비테이션, 발동.

채빈이 비전에 따라 마법을 발동시켰다.

등의 날개가 좌우로 활짝 펼쳐지면서 채빈의 몸이 공중으로 떠오르기 시작했다. 채빈은 좋아서 몸을 가누지 못하고 외쳤다.

"우와! 내가 하늘을 날고 있어!"

채빈은 마왕성의 공중을 이리저리 날아다니면서 비행 연습을 계속했다. 8분의 제한시간이 다 된 줄도 모르고 계속 날아다니다가 저절로 아머가 해제되면서 바닥으로 곤두박질치고 말았다.

"크으으……! 미리 경고라도 좀 해주면 덧나나!"

엉덩이부터 떨어져서 천만다행이었다. 채빈은 두 손으로 욱신거리는 엉덩이를 문지르며 일어섰다. 아픔 속에서도 허기가 밀려오고 있었다. 재경의 김밥을 먹으러 갈 생각으로 채빈은 걸음을 재촉했다.

"오지 말라고 했잖아요! 왜 남 영업하는 데에 들이닥쳐서 행패를 부리는 거예요! 왜!"

재경은 거의 울부짖고 있었다. 험상궂은 인상의 중년 남자들이 그 앞에 팔짱을 꼐고 서서 낄낄거리고 있었다.

두 남자는 며칠 전 처음으로 찾아와 행패를 부린 이후 거의 매일처럼 재경의 가게에 드나들었다. 그리고 올 때마다 말도 안 되는 억지를 부리며 협잡을 가하는 것이었다.

"세만 씨! 괜찮아요?"

"크으으… 괜찮습니다, 저는."

재경의 등 뒤에 세만이 피투성이가 된 얼굴을 부여잡은 채 주저앉아 있었다. 두 남자가 던진 오뎅 그릇에 맞고 이마가 깨진 참이었다.

"신고할 거야!"

재경이 젖은 눈을 부라리며 소리쳤다.

두 남자 중 하나가 재경을 노려보며 자기 목을 긋는 시늉을 해 보였다.

그 누구도 재경을 도우러 다가서지 않았다. 하나같이 호기심 어린 시선을 슬쩍 던질 뿐, 이내 자신이 가던 길을 재촉하는 것이었다.

"협박 같은 거 안 통해! 이제 당신들 전부 신고할 거야! 못된 상가연합 인간들 전부 감방에 들어가게 만들 거야!"

"어이구, 미친년이 지랄한다. 아니, 왜 자꾸 우리더러 상가연합이래? 우린 그냥 무소속 민간인이라니까."

두 남자가 킬킬거리며 자기들만의 익살을 떨었다. 재경은 두통을 느끼고 비틀거리다 한쪽 벽을 짚고 가까스로 몸을 가누었다.
 바로 그때였다.
 "누나, 무슨 일이야?"
 "채, 채빈아!"
 가게로 들어서는 채빈의 얼굴에 짙은 그늘이 드리워진 채였다. 재경은 사색이 되어 채빈에게로 달려가 억지로 내보내려 했다.
 "가, 가 있어! 누나가 나중에 전화할게!"
 "이거 놔 봐. 무슨 일이냐고."
 "채빈아, 누나가 나중에 얘기할 테니까……!"
 재경은 두려웠다. 채빈의 분노가 폭발했던 그날이 떠오르자 심장이 터질 것처럼 방망이질을 치기 시작했다. 자칫 일이 커져 채빈의 인생을 꼬이게 만들 수는 없었다.
 "넌 뭐야, 애새끼가 어른들 말씀하시는데."
 남자가 등 뒤에서 채빈의 어깨를 툭 치며 시비를 걸고 있었다.
 채빈이 무표정하게 돌아섰다. 그리고는 입술을 이죽거리더니 목울대를 크게 울려 침을 뱉어냈다.
 "퉤엣!"
 "우와악! 이, 이 좆만 한 새끼가!"
 채빈이 뱉은 침이 남자의 콧잔등에 맞았다. 남자는 목에 핏대를 세우며 씩씩거리더니 침을 닦지도 않고 채빈에게로 주먹을 날렸다.

터억!

"이, 이 새끼가?!"

남자의 주먹은 채빈의 손에 너무도 간단히 잡혔다. 그간 나름의 무공 수련을 거친 채빈에게 이런 애들 장난 같은 공격이 먹힐 리가 없었다.

우두두두둑!

채빈이 남자의 주먹을 잡은 손아귀에 힘을 주었다. 10년 내공의 악력이 남자의 주먹을 으깨버릴 기세로 압박했다. 남자의 안색이 새까맣게 죽어들었다.

"아야야야야야야야!"

남자가 추하게 새된 비명을 지르며 주먹을 잡힌 채 무릎을 꿇었다. 다른 한 남자가 채빈에게 똑같이 주먹을 날렸다. 그리고 역시, 똑같이 잡혀버렸다.

"아야야야야! 아우, 내, 내 손!"

두 번째 남자 역시 동료 옆에서 똑같이 무릎을 꿇었다. 재경과 세만은 채빈이 구사하는 괴력에 기겁하여 아무 말도 못 하고 멀거니 바라보고만 있는 중이었다.

"놔, 놔 줘! 제, 제발……! 아아아악!"

채빈이 두 남자의 주먹을 잡은 채 가게 밖으로 걸음을 내딛었다. 두 남자는 무릎이 다 찢어지도록 바지자락을 바닥에 질 질 끌며 볼썽사납게 끌려 나가고 말았다.

"아흐흐흐……. 제, 제발 놔 줘! 우리가 자, 잘못했어!"

두 남자가 이제는 푸르뎅뎅해진 얼굴빛을 하고 막내동생 뻘인 채빈에게 구차한 애원을 해댔다. 채빈은 손을 놔주기는커녕 오히려 손에 힘을 더욱 실었다.

"아아아아아아아아아아아악!"

"너희 같은 씨발새끼들한테는 어른 대접 못해줘. 오늘 밤이 샐 때까지 계속 그렇게 꾸이꾸이 울어봐라, 이 개돼지새끼들아."

이제 두 남자는 비명조차 지르지 못했다. 한 남자의 가랑이 사이에서 원 모양으로 축축하게 젖어들고 있었다. 모락모락 피어오르는 김과 함께 지린내가 사방으로 퍼지는가 싶더니, 바지자락을 타고 오줌이 줄줄 흘러내리기 시작했다.

"채빈아, 그만 놔줘! 이제 그만해! 그만하면 됐어!"

정신을 되찾은 재경이 뛰어나와 채빈을 뜯어말렸다. 그제야 채빈은 못이긴 척 주먹을 압박하던 손을 풀었다.

두 남자는 바닥에 질펀하게 고인 분뇨의 바다에 무릎을 꿇고 고개를 처박았다. 한참을 그런 채로 아파하다가 가까스로 비틀거리며 일어섰다.

"아으으으……. 너, 너 이 새끼! 두고 보자!"

"넌 조만간 뒈졌어!"

채빈과의 거리가 꽤나 벌어지고 나자 두 남자는 추한 몸짓으로 욕설과 협박을 해대다가 길 너머로 사라졌다. 채빈은 주위에 모여든 구경꾼들을 눈으로 노려보며 해산시킨 다음 가게 안으로 들어갔다.

"쟤네들 누구예요?"

채빈이 재경이 아닌 세만에게 물었다. 재경이 채빈 몰래 세만에게 눈짓을 보내며 고개를 젓고 있었다.

"재경 누나 말 신경 쓰지 말고요. 쟤네들 누군지 알려주세요."

"야, 이채빈! 너 왜 이래, 진짜! 누나가 알아서 하겠다는데 왜 자꾸만……"

채빈이 성난 얼굴로 돌아보며 거칠게 소리쳤다.

"누나는 좀 가만히 있어! 돌아버리기 일보직전이니까!"

"채, 채빈아……?"

"누나가 뭘 잘못했어? 왜 바보같이 손해보고 살아! 왜 받은 대로 갚아줄 생각은 안하고 당하기만 하면서 사냐고! 내가…내가……!"

채빈은 말끝을 잇지 못했다. 설움이 북받쳐 오를 때마다 항시 떠오르는 악몽 같은 과거의 잔재가 두려웠다. 그래서 채빈은 더욱 모질게 입술을 깨물고 있었다. 앞으로는 죽을 때까지

원하지 않는 일로 손해를 보고 살진 않을 것이다.

"아, 됐어. 가게 정리나 잘해."

채빈이 김밥 하나를 덥썩 집어 입에 물고 가게를 뛰쳐나갔다. 재경이 눈물을 뿌리며 그 뒤를 쫓았다.

"채빈아, 채빈아! 어디 가? 가지 말고 누나랑 얘기해. 채빈아!"

채빈은 울면서 쫓아오는 재경을 외면하고 내달렸다. 팔목에 장착되어 있는 시그너스 아머를 매만지며 채빈은 더욱 발에 박차를 가했다.

"이거 정말 확실한 거죠?"

"그렇다고 몇 번을 말해. 한국에 50개도 없는 100만 볼트 고압 전자충격기야."

"알았어요, 이거 주세요."

남자가 계산을 치르고 가게를 나섰다. 텅 빈 허공에 전자충격기를 휘둘러 대며 남자는 음산하게 웃음을 흘리고 있었다.

'그 좆만 한 새끼, 두고 보라지. 이 고태근 님에게 덤벼들었다가 사지 멀쩡히 사는 놈 없다는 걸 똑똑히 알려주마.'

현관을 나서자 두터운 소낙비가 쏟아지면서 남자의 길을 가로막았다. 남자는 오른손으로 우산을 펼치다가 통증을 느끼고 이를 악물었다.

"아우, 씨부랄……!"

남자의 이름은 고태근.

상습절도로 감방 드나들기를 밥 먹듯이 하는 백수였다. 오늘 재경의 가게에 들러 난리를 피우다가 채빈에게 개망신을 당하고 쫓겨났던 두 남자 중 하나이기도 했다.

그가 그런 행패를 부린 데에는 나름의 사정이 있었다. 상가연합 소속인 종문의 사주 때문이었다. 종문은 재경을 협박해서 쫓아내면 붕어빵 기계를 대주고 목 좋은 곳에 자리도 잡아주겠다고 그를 꼬드겼던 것이다.

태근은 걸쭉한 침을 뱉어내며 비 내리는 거리를 걷기 시작했다.

한참을 걷던 그는 대로에서 방향을 바꿔 고등학교 교정으로 들어섰다. 평소에도 자신의 단칸방으로 돌아갈 때 애용하는 지름길이었다.

'아씨, 내 신발!'

비가 하도 많이 와서 운동장은 온통 진흙탕이었다. 바지자락과 신발이 진흙으로 엉망이 되어가고 있었다.

"어?"

태근이 투덜거리다 말고 눈을 게슴츠레 떴다.

어두운 운동장 한가운데에 누군가가 서 있었다.

급기야 상대가 질퍽질퍽 바닥을 밟으며 태근 쪽으로 가까워 왔다. 그때까지만 해도 태근은 상대가 그저 행인인 줄로만 여기고 있었다.

바로 그때.

쉬이이이익!

"으헉!"

갑자기 무엇인가가 어둠을 꿰뚫고 태근에게로 날아왔다. 태근은 피해낼 여력도 없이 그것을 고스란히 얼굴에 받아들였다.

빠가각!

"캬하학!"

자갈돌이 태근의 입언저리를 강타했다.

태근이 뒤로 고개를 젖히며 피를 왈칵 뿜었다. 부러진 앞니 2개가 그 핏물 속에 섞여 나왔다.

"히, 히이이익! 아우, 이빨 아퍼! 띠, 띠발! 뭐야, 이게! 띠발! 내 말아 왜 이렇게 새! 띠발! 내 이빨! 아야야야야!"

태근이 진흙에 무릎을 꿇고 앉아 얼굴을 싸맸다. 손가락 틈으로 붉은 핏물이 콸콸 쏟아져 내리고 있었다.

스윽!

상대가 태근의 눈앞까지 다가왔다.

벌벌 떨며 고개를 든 태근은 상대를 보자마자 터진 입의 아픔도 잊고 괴성을 토해냈다.

"으아아악! 너, 너 뭐야!"

백색 갑옷을 입은 자가 눈앞에 서 있었다.

번개가 치면서 푸른빛이 번쩍였다. 헬멧의 눈 부위가 밝아지면서 상대의 부릅뜬 시선이 태근에게도 똑똑히 보였다.

"뭐, 뭐야! 이에 뭐야, 띠발! 더리 꺼여! 띠발!"

태근이 정신없이 바닥을 짚으며 엉금엉금 도망쳤다. 머리부터 발끝까지 튀어 오른 진흙으로 만신창이였다. 앞니가 부러진 고통으로 머리가 혼미해지고 있었다.

"허억! 허억! 으으… 으아아악!"

한참을 기어 도망치다 무심코 돌아본 태근이 다시 한 번 울부짖었다. 갑옷을 입은 자가 바로 뒤를 바싹 쫓아오고 있는 것이 아닌가.

"누, 누구 없어요!"

태근은 도와줄 사람을 찾아 주위를 빠르게 돌아보았다. 그러나 깊은 밤의 운동장에는 그와 갑옷을 입은 자 말고는 아무도 없었다. 고함마저 폭우 속에 맥없이 삼켜졌다.

바로 그때였다.

'어엇?!'

누군가가 버려 놓은 각목이 태근의 눈에 밟혔다. 태근은 이게 웬 횡재냐 싶어 재빨리 각목을 집어 들고 비틀비틀 일어섰다.

"이 띠발 때끼야!"

각목을 붕붕 휘두르며 태근이 소리쳤다.

"떠리 꺼져 이 미친 때끼야! 이 각목 안 보이냐?! 이 끝에 이, 이거! 못도 박혀 있는 거 보이지? 맞으면 넌 뒈져, 이 띠발아!"

태근이 각목 끝에 튀어나온 못을 손끝으로 가리키며 위협했다. 하지만 그 초라한 위협은 조금도 먹히지 않았다. 갑옷을 입은 자가 한 손을 불쑥 내밀고 있었다.

"으아아악!"

부우우웅!

태근이 공포에 질려 각목을 크게 휘둘렀다. 각목 끝이 갑옷의 흉부 측면을 정확히 강타했다.

빠캉!

"아아악! 내 손!"

놓쳐버린 각목이 허공을 날았다. 태근은 찌릿찌릿한 손을 움켜쥔 채 바닥에 대고 신음을 흘렸다.

"끄으으윽! 뭐아 이케 다다해!"

쉬이익!

"으헉!"

태근은 순식간에 두툼한 두 팔에 붙잡혔다. 상대는 태근을 단단히 끌어안은 채 바닥을 박차며 밤하늘 높이 날아올랐다.

부우우우웅!

"갸아아아아악!"

태근이 날아오른 밤하늘 위로 뇌전이 번쩍거렸다.

속도가 어찌나 빠른지 태근은 자기 뺨에 부딪는 빗물이 우박처럼 느껴질 정도였다.

터터턱!

불과 몇 초 만에 드높은 고등학교 건물의 옥상을 훌쩍 넘어 반대편에 착지했다. 상대가 놓아주자마자 태근은 얼마간 휘청거리더니 제 목을 두 손으로 움켜쥐었다.

"우우… 우웨에엑!"

태근이 그 자리에 먹은 것을 모조리 게워내기 시작했다. 상대는 친절하게도 그의 등을 두들겨 주었다. 그러다 어느 순간, 두들기는 강도가 느닷없이 강해졌다.

쾅!

"커헉!"

철퍽!

태근이 자기의 토사물에 얼굴을 처박았다. 그 역겨움에 못 이겨 태근은 토사물 범벅인 얼굴로 또 속을 게워내기 시작했다.

"으으으… 살려주세요……!"

태근이 눈물과 위액을 질질 흘리며 애걸했다.

"제발 살려주세요……! 시키는 거 뭐든지 할게요! 뭘 잘못했는지 모르겠지만 제발, 제발 살려주세요! 으헝헝!"

상대는 갑옷 속에서 입을 다문 채 말이 없었다.

정적과 함께 빗줄기가 빠르게 거세졌다. 태근은 조금 의아함을 느낀 나머지 두려움 속에서도 위를 슬쩍 올려다보았다. 상대가 천천히 몸을 돌려세우고 있었다.

'아, 이게 있었지!'

무심코 주머니를 만진 태근은 하마터면 스스로 자기 뺨을 때릴 뻔했다. 거금을 주고 구입한 무려 100만 볼트의 전자충격기를 까마득히 잊고 있었던 것이다.

"띠발아, 죽어라!"

태근이 소리치며 전자충격기를 내질렀다. 그와 동시에 상대가 뒤를 돌아보았다. 전자충격기가 작동동되면서 스파크를 일으키고 있었다.

파지지지지지지직!

"끄르르르르러러러러럭!"

태근이 감전된 제 몸을 학질 걸린 사람처럼 사방팔방으로 떨어댔다. 비에 젖은 전자충격기가 불량으로 누전을 일으키고 만 것이었다.

"그르르르르…… 그르르……!"

기어코 태근은 그 자리에 고꾸라져 물 잃은 붕어처럼 헐떡이더니 의식을 잃었다.

상대는 태근을 내버려둔 채 고등학교 건물의 뒤편 어둠 속으로 몸을 숨겼다. 잠시 후 한 남자가 그 어둠을 되짚어 나오고 있었다.

꽈르르르르릉!

뇌전을 동반한 굵직한 비는 여전히 쉴 새 없이 쏟아지고 있었다. 찰나의 순간에 드러난 채빈의 얼굴은 만족스럽기 그지없는 미소를 띠고 있는 중이었다.

그로부터 약 1시간 후.

상가연합회의 사무실 안에서 종문은 홀로 욕설을 퍼부어 대고 있었다.

"씨발 것들, 금세 돌아온다고 해놓고 왜 이렇게들 안 와. 아, 피곤해. 비는 또 왜 이렇게 쳐오고 지랄이야."

굵직한 빗발이 전면 유리창을 때렸다.

도시 전체가 회색으로 물들어가고 있었다. 종문은 벌써 몇 개째인지 모를 담배를 또 빼물고 창문 앞으로 가 섰다.

바로 그때였다.

와장창창!

"어어억!"

전면 유리창이 모조리 산산조각이 나면서 무엇인가가 상

가연합 사무실 안으로 들이닥쳤다. 종문은 뒤로 밀려나면서 불붙은 담배를 꿀꺽 삼키고 말았다.

"케! 케헤헥!"

입천장이 타들어 가는데 비명을 뱉을 수가 없었다. 종문은 담배를 빼내려 입으로 손을 가져갔다. 그런데 그보다 한발 앞서 하얀 철갑이 날아들었다.

철퍽!

"우어억!"

눈앞에서 불이 나는 듯했다.

이토록 강력한 따귀가 세상에 또 있을까.

강철 따귀를 얻어맞은 종문은 고개가 홱 꺾인 채로 뱅그르르 돌면서 밀려나 벽에 등을 부딪고 무너졌다.

"아으으……! 이, 이게 뭐야!"

종문이 입을 쩍 벌리고 소리쳤다.

눈앞에 들이닥친 침입자는 백색 갑옷을 입고 있었다.

"웬 미친 새끼냐! 변장 한 번 그럴듯하네!"

챙!

종문이 일어서서 회장의 골프채를 빼들었다. 이건 분명 단순한 변장인 것이다. 그는 상대를 정신이상자라고 확신하며 골프채를 쳐들었다.

"이야아아아아!"

빠캉!

골프채가 허공으로 튕겨나갔다.

"크윽!"

종문이 아픈 손을 붙잡고 무너졌다. 튕겨나가 처박힌 골프채는 반쯤 구부러져 있었다.

"이, 이거 완전 강철이네! 넌 뭐야! 뭐하는 새끼야!"

행정지도가 붙은 칠판을 등지고 선 종문이 슬며시 손을 뒤로 옮겨 밑을 더듬었다. 비상 경비 버튼을 찾으려는 것이었다.

바로 그 순간이었다.

사사삭!

백색 갑옷의 남자가 가까이 다가섰다. 그리고는 손바닥을 펼쳐 종문의 면전에 들이댔다.

슈우우우욱!

푸르스름한 마나의 기운이 떠오르고 있었다. 종문으로서는 그게 무엇인지 알 턱이 없었다.

"무, 무슨……!"

종문이 할 수 있는 말은 딱 거기까지였다.

퍼어어어엉!

"끄아아아아아아악!"

고막을 찢는 굉음과 함께 매직 애로우가 폭발했다. 종문이

이마를 부여잡고 눈앞을 두 팔로 휘저으며 버둥거렸다.

"아으악! 내, 내 얼굴! 아아아아악! 뜨거워!"

종문은 눈조차 뜨지 못하고 휘청거리며 좁은 사무실 안을 뛰어다녔다. 앞을 보지 못하고 버둥거리던 사이, 그는 다 깨진 전면 유리창 쪽으로 몸을 던지고 말았다.

와장창!

"으아아아아아아악!"

기나긴 비명 끝에 둔탁한 굉음이 울렸다.

주차된 차 위에서 종문이 여전히 몸을 비틀어대고 있었다. 4층이었기에 망정이지 1층만 더 높았어도 목숨을 잃었을 것이다.

'휴우.'

시그너스 아머 속에서 채빈이 한숨을 내쉬었다. 이렇게까지 심하게 할 생각은 아니었지만, 한편으로는 후련하기 그지없었다.

'어?'

자리를 뜨려 돌아섰을 때 책상 뒤의 금고가 보였다. 채빈은 잠시 고민한 끝에 육중한 금고를 끌어안고 종문이 추락한 반대 방향의 창문을 통해 몸을 날렸다. 레비테이션 마법의 힘이 그를 비에 흠뻑 젖은 고공으로 인도하고 있었다.

집으로 돌아온 채빈은 안전을 기해 금고를 마왕성으로 가져갔다.

쾅아아아앙!

내공이 실린 정권으로 한 번 강타하자 철제 금고는 맥없이 찌그러지며 쉽게 열렸다.

열린 금고 안은 빳빳한 지폐로 가득했다.

앉은 자리에서 지폐를 찬찬히 세기 시작하는 채빈의 만면 가득 미소가 번지고 있었다.

돈의 액수는 중요하지 않았다.

이 돈을 잃어버린 상가연합의 쓰레기들이 저희끼리 툭탁거릴 것을 생각하니 그저 즐거울 뿐이었다.

채빈은 오래도록 웃음을 그치지 않았.

팔목에 찬 시그너스 아머 팔찌는 지금도 멋스러운 빛을 흩뿌리고 있었다.

『이계마왕성』 3권에 계속…

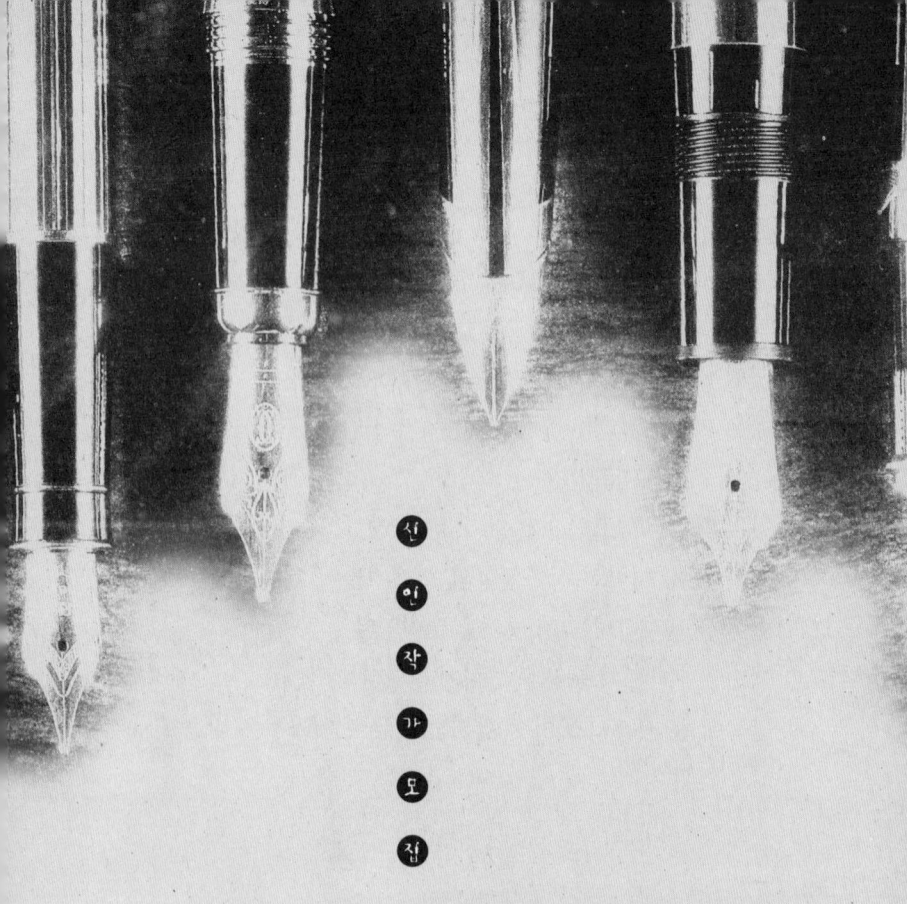

시작이 반이라고 했습니다.
작가의 길에 대한 보이지 않는 벽을 과감히 깨뜨리십시오!
청어람은 작가 지망생 여러분들의
멋진 방향타가 되어드리겠습니다.

저희 도서출판 청어람에서는
소설 신인 작가분들을 모집합니다.
판타지와 무협을 사랑하시는 분들의 많은 참여를 바랍니다.
소정의 원고(A4용지 150매)를 메일이나 우편으로 보내주시면
검토 후 출판 여부를 알려드리겠습니다.

주소:경기도 부천시 원미구 심곡2동 163-2 서경B/D 2F 우편번호 420-822
TEL:032-656-4452 · **FAX**:032-656-4453
http://**www.chungeoram.com**
e-mail:chungeoram@chungeoram.com

태클 걸지 마!

무람 장편 소설

우리가 기다려 왔던 신개념 소설!

말년 병장 김성호!
"어이, 김 병장. 놀면 뭐하냐?"

떨어지는 낙엽도 피해야 하는 시기에 삽 한 자루 꼬나쥐고
더덕을 캐는 꼬인 군 생활의 참중인!

『태클 걸지 마!』

낡은 서책과 반지의 기적으로 지금껏 모르던 새로운 힘을 깨달아간다!

불운한 삶은 이제 바뀔 것이다. 내 인생에 더 이상 태클은 없다!

Book Publishing CHUNGEORAM
유행이 아닌 자유추구 -
WWW.chungeoram.com

怒濤search諸 천애협로

촌부 新무협 판타지 소설
FANTASTIC ORIENTAL HEROES

『우화등선』,『화공도담』의 뒤를 잇는
작가 촌부의 또 하나의 도가 무협!

무림맹주(武林盟主), 아미파(峨嵋派) 장문인(掌門人),
군문제일검(軍門第一劍), 남궁세가(南宮勢家)의 안주인.

그들을 키워낸 어머니ー
진무신모(眞武神母) 유월향(柳月香)!

어느 날, 그녀가 실종되는데…….

"하, 할머니는 누구세요?"

무한삼진의 고아, 소량(少雨)에게 찾아온 기이한 인연.

세상과 함께 호흡을 나눌 수 있다면[天地同息]
천하의 이치를 모두 얻으리라[天下之理得]!

이제, 천하제일인과 그녀가 길러낸
마지막 자손의 이야기가 펼쳐진다!

Book Publishing CHUNGEORAM
www.chungeoram.com

아더왕과 각탁의 기사

홍정훈 판타지 장편 소설

『비상하는 매』의 신선함, 『더 로그』의 치열함,
『월야환담』의 생동감.

그 모든 장점을 하나로 뭉쳐 만든 홍정훈식 판타지 팩션!

아더왕과 원탁의 기사.

전설의 검 엑스칼리버의 가호 아래 역사에 길이 남을 대왕국을 건설한
위대한 왕과 그의 충직한 기사들.

"…난 왜 이리 조건이 가혹해?!"

그 역사의 한복판에 나타난 이질적 존재, 요타!
수도사 킬워드의 신분을 빌려 아트릭스의 영주가 되어 천재적인 지략과 위압적인 신위를 휘두르며
아더왕이 다스리는 브리타니아에 정면으로 반기를 든다!

**전설과 같이 시공을 뛰어넘어
새로운 아더왕의 이야기가 우리 앞에 나타난다!**

Book Publishing CHUNGEORAM

시공을 달리는 자
RUNNER
임영기 장편 소설 런너

내 꿈은
21세기 나의 제국에서 그녀와 함께 사는 것이다

나는 전쟁의 신이며 또한 전능자(全能者) 런너다.

이제 내 행동은 역사가 되고 내 말은 법이 될 것이다.

Book Publishing CHUNGEORAM
 유행이 아닌 자유추구 -
WWW.chungeoram.com

귀환인 歸還人

김동신 퓨전 판타지 소설

모든 마수의 왕 베히모스.

그의 유일한 천인 파괴의 마공작 베르키.
마계를 피로 물들이고 공포로 군림했던 그가
드디어… 꿈에 그리던 한국으로 돌아왔다.

**"친구들아,
나 권태령이 드디어 돌아왔어!"**

피로 물들었던 마계의 나날을 잊고
가족과도 같은 친구들과 지내는 생활.
그 일상을 방해하는 자들은 결코 용서치 않는다!

살기가 휘몰아치는 황금안을 깨우지 말라!
오감을 조여오는 강렬한 퓨전 판타지의 귀환!

Book Publishing CHUNGEORAM

유행이 아닌 자유추구 -
WWW.chungeoram.com

십검애사

十劍哀史

설봉 新무협 판타지 소설

『사신』, 『마야』, 『패군』

무협계를 평정한 성공 신화를 계승한다.
한국무협을 대표하는 작가 설봉!
그 새로운 신기원을 열다!

『십검애사』

잠들어 있던 열 개의 검이 깨어나는 날,
전 중원에 피바람이 몰아친다.

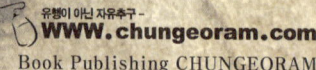
유행이 아닌 자유추구 -
WWW.chungeoram.com
Book Publishing CHUNGEORAM